雨林之国

[英] 阿比·埃尔芬斯通 著

张亦琦 译

Jungledrop

北京联合出版公司
Beijing United Publishing Co., Ltd.

序　言

你长大成人之后，一些令人颇为心烦的事情也会同时发生：你的膝盖不再像以前那样灵活；你每天的大部分时间都用来唠叨家庭作业、蔬菜和就寝时间；还有，一旦你在舒服的扶手椅上坐下来就会立刻睡着。不过，跟破膝盖、碎嘴皮和瞌睡虫相伴而来的还有智慧。姑且算是吧！如果大人真的充满智慧，那他们就应该知道魔法王国。可他们谁都不知道。他们太忙了，忙得没时间相信魔法。倘若他们相信魔法，就会发现这个世界其实并非他们所了解的那样……

你知道吗，在世界诞生之初并没有什么

大爆炸或是黑洞，有的只是一颗蛋，一颗个头儿不小的蛋。这颗蛋里生出了一只凤凰。它诞生后发现自己孤零零的，便流下了七滴眼泪，泪水落下来变成了我们熟悉的大洲，组成了你我生活的地球。而对凤凰来说，这个世界的名字很简单，它叫作远方世界。不过当时的大地一片漆黑、空荡荡的，于是凤凰在多年以后抛下四根金色的羽毛，从它们当中孕育出四个秘密国度——魔法王国。远方世界里的人们看不见这几个国度，他们的生活一切照旧，但魔法王国中蕴藏着魔法，能够变出阳光、雨雪以及隐藏在天气背后的各种秘密，既有日出的乐章，也有暴风雪的故事。

说实话，假如管事的生物是头鹰马兽或者独角兽，那么事态很可能会失控（尽管这些神兽很喜欢支使其他生物干这干那，但它们经常不守时，而且颇为自负，治理王国时很难一碗水端平）。但凤凰是所有魔法生物当中最有智慧的，第一只诞生的凤凰明白，如果用自私的方式施展魔法，魔法很快就会变得怪异、阴暗，但若是为了更高尚的目的而施展魔法，它就能滋养整个世界，让世界顺利运转。于是凤凰设立规定，所有生活在魔法王国里的生物都可以享受魔法带来的神奇成果，但前提是他们肯将这些魔法传播到远方世界，让那里的几个大洲也充满光明与生机。凤凰还警告魔法王国的国民，一旦他们停止传播魔法，远方世界和魔法王国都将土崩瓦解，遁入虚无。

至于究竟应该任命哪些魔法生物做魔法王国的统治者，凤凰为此深思熟虑了许久。云巨人高大强壮，可是有重要事项需要处理时它们总是容易睡着。雪花侏儒心地善良又聪明，但它们太喜欢射弩箭了。最后凤凰选定了高巫——这些生物诞生于日食，其智慧远胜于魔法王国里的其他生物，他们寿命极长，讲起笑话来十分蹩脚。除此以外，尽管每个魔法王国里的高巫样貌迥异，但他们治理王国都公平合理，能够确保每天都把凤凰的魔法输送到远方世界。

四个魔法王国的职责各有不同。云上之国的国民负责收集大自然中的奇迹——最纯净的阳光、雨滴和雪花，这些东西由飞龙运到其他几个魔法王国，由那里的国民把这些东西与魔法墨水混合在一起，创造出远方世界的天气卷轴：黎明之国谱写阳光交响曲，雨林之国绘制雨露画卷，银崖之国编织冰雪故事。远方世界的大地渐渐地有了生机：青草、花朵和树木旺盛生长，强大的魔法渐渐孕育出动物，最终又孕育出了人类。

凤凰年复一年地在永暗之地观察着这一切，永暗之地极为遥远偏僻，就连魔法王国的国民也不知道它在什么地方。不过，尽管凤凰很有智慧，但它还是无法长生不老。终于，五百年后，第一只凤凰死了，按照这种鸟的习性，它的灰烬中会诞生一只新的凤凰，延续魔法王国的魔法，并确保四个魔法王国将魔法输送到远方世界。

这样平安而繁荣的日子持续了一段时间，每隔五百年，魔法王国的国民就会看见一只新生的凤凰飞向天空，延续魔法王国的魔法，宣告新时代的到来。每个生灵都相信世界会永远这样延续下去……

不过，在跟魔法打交道的时候，"永远"很难实现。在某个地方总会有一个越来越贪婪的坏蛋。一旦这家伙铁了心要将魔法据为己有，就会把所有古老的规定和警告都抛到脑后。女妖莫格就是这样一个坏蛋，她对凤凰和凤凰魔法越来越嫉妒。

四千年前，莫格在重生之夜悄悄地对老凤凰的凤巢施了诅咒。跟从前的许多同类一样，老凤凰死后化作了一团烈焰，然而这次的火焰是黑色的，灰烬中也没有诞生新的凤凰。莫格就这样占领了凤巢，着手将魔法王国的魔法据为己有。

不过，在发生意外、魔法出岔的情况下，往往会催生出新奇的故事和令人意想不到的男女主人公。我可以为你们讲述一个来自黎明之国的女孩的故事，她偷走凝聚了女妖莫格全部妖术的翅膀；或者为你们讲述一个名叫卡斯帕的男孩的故事，他从远方世界来到云上之国，摧毁了那双翅膀，使云上王国和远方世界免遭灭顶之灾；我还可以为你们讲述飞龙的故事，现在它们在四个魔法王国之间穿梭巡行，用翅膀撒下月尘，让残存的无踪魔法继续发挥效力，直到莫格死去、新的凤凰诞生的那一天。

不过这些故事讲述的是另一个时代、另一个地方——而且，也许你们当中有些人已经知晓这些故事。至于现在，一个新的故事即将拉开帷幕……因为莫格正在永暗之地再次兴风作浪，用最阴暗的诅咒创造出新的翅膀，将目光投向了雨林之国——她得知在那里生长着一种神秘的蕨类植物，能使人长生不老。莫格相信这种植物对她实现对魔法王国的计划至关重要……

除此以外，虽然我很想在这个故事里带你们认识两个人见人爱的主人公，但恐怕我做不到。佩迪-斯阔布家这对龙凤胎招人喜欢的程度跟政客的裤衩不相上下。不过，人在十一岁时讲话刻薄、心胸狭隘并不代表他们一辈子都会这样。恰恰相反，孩子这种生物非常善变，尤其是当他们一头扎进冒险历程之后。就在你以为自己对他们了如指掌的时候，他们却忽然摇身一变，令你大吃一惊。

即便是像福克丝和费博·佩迪－斯阔布这样糟糕透顶的孩子也不例外。实际上，这样的孩子往往会成为最有趣的主人公……

目 录

第 一 章　我们是对手，不是兄妹　　　　001

第 二 章　把你们俩寄到南极去　　　　　012

第 三 章　迷踪谷车站的古董店　　　　　022

第 四 章　魔法特快列车开动了　　　　　032

第 五 章　这里是雨林之国　　　　　　　051

第 六 章　在丛林里要讲礼貌　　　　　　068

第 七 章　烛光引路图拉着我　　　　　　082

第 八 章　食用瞌睡果有风险　　　　　　097

第 九 章　只有长生蕨能做到　　　　　　111

第 十 章　气鼓鼓丛林药房　　　　　　　115

第十一章　植物从来都有用　　　　　　　125

第十二章　飞跃愚人谷　　　　　　　　　138

第十三章　我们能成为盟友吗　　　　148

第十四章　费博变成树懒了　　　　167

第十五章　说谢谢的感觉很不错　　　　183

第十六章　绝不会放弃希望　　　　197

第十七章　你是深燧吗　　　　204

第十八章　从信任出发的友谊　　　　215

第十九章　魔力找回来了　　　　221

第二十章　我不会抛下你不管　　　　233

第二十一章　换个角度思考　　　　242

第二十二章　对战女妖莫格　　　　251

第二十三章　原来长生蕨在这里　　　　263

第二十四章　终于下雨了　　　　281

第二十五章　小孩的意志才强大　　　　296

第一章

我们是对手，不是兄妹

福克丝·佩迪-斯阔布扑通一声瘫倒在挺括宾馆顶层套房的沙发上。正值暑假——或者说现在本该是暑假，不过佩迪-斯阔布一家既没去海滩，也没留在自家花园里悠闲地烧烤，而是来到了迷踪谷——位于巴伐利亚乡下的一座宁静的小村庄出差。

格特鲁德和伯纳德·佩迪-斯阔布都是英国人，但福克丝和她的双胞胎哥哥费博出生后不久，他们就举家搬到了德国。伯纳德祖上有个非常富有的德国人，是位公爵，叫作鲁道夫叔公，他去世后佩迪-斯阔布一家继承了他位于慕尼黑的豪宅，因为他们是他唯一在世的亲属。比可赖宅邸是全欧洲最大、最阔气的房子之一，这正合佩迪－斯阔布夫妇的心意，因为他们最看重的事情就是他们要比所有人都更阔气。正因如此，他们把每个暑假（其实也包括每个圣诞节和复活节假期）都排满了商业会议，因为在他们看来，要想保证自己永远高人一等，唯一的办法就是赚大把的钞票。

于是，在双胞胎放暑假的第一天早上，佩迪－斯阔布一家带着同款行李箱，穿着配套的正装，脸上带着同样的怒气离开了比可赖宅邸，准备按照惯例开始欺负人的一天。他们汽车的后备箱盖上有用黄金蚀刻的家训，上面写着：

不要害怕

然后在下面一排用稍小的字写着：

践踏别人的感受

自从格特鲁德·佩迪和伯纳德·斯阔布有记忆以来，他们就一直在生活中践行这句话，这确实让他们变得非常富有。早在十一年前，他们尚未搬进比可赖宅邸的时候，格特鲁德已经在经营一个世界领先的抗衰老护肤品牌——魅力佩迪，伯纳德则创立了斯阔布调料公司——一家全球化企业，他们声称自己的烹饪调料具备各种莫须有的功效，从消除疲劳感到增强智力，无所不能。实际上，无论护肤品还是调料都无法实现它们承诺的夸张功效，整个佩迪－斯阔布商业帝国都建立在谎言之上。不过在某个勇敢的人挺身而出与他们对抗之前，恶霸和撒谎精总是能横行霸道。

不用说，佩迪－斯阔布一家出发去迷踪谷的那天，没人有胆量挺身而出与他们对抗，因为他们情绪高涨，早就等不及践踏别人的感受了。最先遭殃的是饱受这家人折磨的司机汉斯·温德伯特。每当他开车时遵守限速规定或者遇上堵车，佩迪太太都会不由分说地扣他的工资，因为她在挺括宾馆约了客户，绝对不可以错过会面。接着，到达宾馆之后斯阔布先生朝行李员的后脑勺拍了一巴掌——他竟敢问这家人路上是否顺利，这压根儿不关他的事。至于福克丝，她对遇到的每个人都冷嘲热讽——嬉皮笑脸的前台接待员、午餐时问东问西的服务生和蓄着"蠢兮兮的"小胡子的泳池服务员——她之所以这样做完全是因为她从小受到的教育就是这样。对人和善就等于懦弱，懦弱就会遭人践踏，福克丝觉得那样听起来不太理想。

只有费博有所克制，没有践踏别人的感受。实际上，福克丝发现自从几个星期前学期结束开始，哥哥就一直平静得出奇。她暗中琢磨，觉得他的平静十分可疑。

福克丝和费博是对龙凤胎，不过光看外表人们是猜不到这一点的。费博比较像母亲，高个子，长着顺滑的黑头发，而福克丝则遗传了父亲的矮个子和蓬乱的红头发。虽然长得不像，但兄妹俩有个共同点，那就是说话十分刻薄。这对双胞胎兄妹最喜欢做的事除了讥讽陌生人就是跟彼此作对，尤其是当着父母的面害对方丢脸。

这种家庭内部的竞争意识其实是父母传给兄妹俩的。尽管格特鲁德和伯纳德都希望最终为佩迪 - 斯阔布家族积累巨额的财富，但是跟夫妻情意比起来，他们更重视彼此竞争。在格特鲁德和伯纳德看来，假如不跟家庭成员合作，而是成为他们的对手，就能为赚钱大计增添一丝竞争的锐气，从而使人更快地发财，因此他们总是在寻找机会抢占上风，而这种竞争意识也体现在福克丝和费博兄妹关系的各个方面。

双胞胎出生后没几分钟，福克丝就把费博打成了乌眼青，因为他比她早出生了几分钟，这一拳为他们日后的明争暗斗打下了基础。刚满一周岁时，在比可赖宅邸，费博趁父母没看见打翻了福克丝的婴儿床。为了报复他，福克丝咬掉了费博最喜欢的泰迪熊的脑袋，而费博不甘示弱，在第二天偷偷调整了福克丝婴儿车的刹车，害得妹妹险些冲到一辆在马路上飞驰的大货车底下。

佩迪－斯阔布夫妇很乐意看见这种争执，甚至他们给孩子取的名字也是为了加强他们之间的对立关系：取费博这个名字是因为他们希望他能够成长为一个说谎高手（他确实成了说谎高手），而福克丝这个名字是因为他们希望女儿像狐狸一样狡猾（她并不狡猾，她个性冲动，很难谋划诡计）①。就这样，在父母的鼓励下，兄妹间的明争暗斗持续不断，伴他们度过了幼年时代、幼儿园时期和学校生活，终于在几个月前达到了顶点——福克丝上了费博的当，把自己的家庭作业冲进了马桶，后果就是福克丝抓着哥哥的脚踝把他大头朝下吊在了比可赖宅邸五楼的窗外（父母则在楼下为他们喝彩）。

不过福克丝心里有些没底。倒吊费博的事件发生后，费博再也没骗过她，没作过弊，或是用他最喜欢的方式报复她——

---

① 　译者注：费博（Fibber）在英文中的意思是"经常撒小谎的人"，福克丝（Fox）则是"狐狸"。

向父母撒谎，让他们教训妹妹。一连几个月她都等着哥哥展开反击，费博却一反常态地保持平静，似乎若有所思。于是此刻他们坐在父母订的宾馆套房里，福克丝眯缝起眼睛打量着费博。他坐在她对面的扶手椅上，公文包放在脚边，膝头放着一本记事本。福克丝伸长脖子想看他在干什么，但他把记事本往高处挪了挪，挡住了她的视线。

福克丝一边揪扯自己的辫子一边问他："你乱写什么呢？"

费博没有抬头，笔也没停。福克丝已经习惯了哥哥平静、冷淡的态度，他总是用这种方式践踏别人的感受，不过，过去他们两个独处的时候，她总能毫不费力地让费博上钩跟她吵嘴。这种前所未见的沉默让她越来越心里没底，因为每当佩迪－斯阔布家族的成员沉默不语时，他们十有八九是在密谋什么事情。就拿前面提到的鲁道夫叔公来说吧，他曾经连续四十三年没说过一个字，然后突然宣布他要挖一条从慕尼黑直通伦敦的隧道，这样他就可以绑架女王做人质，索要一大笔赎金。鲁道夫叔公挖到波兰才发现挖错了方向，接着他又沉默了四十三年，这次是由于其他原因。

福克丝希望自己也能想出一些胆大包天的赚钱的法子，但她觉得绑架、抢劫这样的大型活动只有跟其他人合作才容易见效，而福克丝一向独来独往，无论是在学校（不想被人踩在脚底下，就必须每天讽刺挖苦同学和老师）还是在家（谈话内容仅限于生意，谁露出微笑谁就会遭人白眼，拥抱更是想都不用想）。

福克丝摘下领带，塞进沙发侧面的缝里，然后又看了看坐在对面的哥哥。"你又在为魅力佩迪做商业企划了，是不是？"

她语气中带着一丝紧张，因为她明白，如果费博花时间为魅力佩迪重塑品牌，那就说明她也应该为斯阔布调料公司做同样的事情。兄妹俩心里很清楚，两家公司都是用谎言建立起来的，但事到如今，他们已经不能去追求事实，那样风险太大了。消费者已经渐渐意识到自己受骗了，公司的利润越来越少，客户也陆续终止了合同，这正是兄妹俩每个假期都流连于各个高级宾馆的原因，因为父母要去游说宾馆的水疗中心和餐厅，让他们进购自己公司的产品。

不过福克丝和费博之所以要跟着父母出差，并不是因为格特鲁德和伯纳德舍不得跟孩子们分开。根本不是这回事。他们俩是来工作的。在他们一年级毕业的时候父母就正式告诉过他们，双胞胎中只有一个能够继承佩迪－斯阔布商业帝国。如果福克丝能想出办法挽救斯阔布调料公司，家里的生意就归她，可要是费博半路杀出来挽救了魅力佩迪，生意就会归费博。就这样，兄妹间的竞争变得越发激烈。

格特鲁德和伯纳德没有就此罢休。为了激励福克丝尽快挽救家庭财富，父母经常告诉她，费博巧妙的谎言才是最终通往成功的钥匙。而与此同时，他们会（在福克丝不知情的情况下）哄骗费博，说就凭福克丝的心机，她大可以在费博毫无防备的情况下重建佩迪 – 斯阔布商业帝国，把他逐出赛场。这就意味着这对双胞胎无时无刻不在嫉妒对方，并且始终认为父母更偏心对方。因此，在成长过程中，他们对一个可怕的观念坚信不疑，那就是他们是对手，而不是兄妹。

说实话，格特鲁德和伯纳德并不在乎挽救家庭财富的究竟是哪个孩子。他们之所以要孩子，唯一的原因就是盼着他们当中的某一个将来发大财。实际上，福克丝问过父亲，不能继承佩迪 – 斯阔布商业帝国的那个孩子会怎样，父亲的回答并没能让她感到安心——他们会把那个孩子打包寄到非常遥远的地方，比如南极，然后客客气气地祝他万事如意。

福克丝把手伸进外套的口袋，掏出手机，开始往备忘录里打字。

"让我来瞧瞧我的绝妙秘密清单，这里面写满了拯救斯阔布调料公司的好办法。"她假装自言自语，故意让哥哥听见。

费博飞快地抬头瞥了她一眼，然后继续埋头写字。

福克丝故作神秘地笑着继续打字："只要再加几个巧妙的小办法就大功告成了。"

这是彻头彻尾的假话。压根儿不存在什么挽救日益衰败的佩迪－斯阔布商业帝国的好办法清单。福克丝知道自己该说什么才能在每个星期的家庭商业会议上夸夸其谈——开支、本金、利润、资产——但她并不明白这些字眼儿究竟是什么意思，而且她的战略思维简直无可救药。

在这一刻，福克丝心里忽然一沉，某种阴暗、丑恶的东西在她心里动了一下。费博将来肯定会是个生意人，他脑子聪明又会说话，即使面对最精明的成年人他也能用巧妙的谎言骗过他们。虽然在学校里他一向孤傲，不屑于交朋友，但他在这个学期跟一位老师相处得很好，现在斯奎宝太太会在午休时给他单独补课，因为她在他身上看到了"隐藏的潜力"。

福克丝心里的阴暗畏缩了。从来没人认为她不同寻常，或者有"潜力"。她有什么特长呢？她总是独来独往，体育课上没人想跟她一队。她不够聪明，拿不到年级最高分，人缘也不好，下个学期不可能当选六年级学生会长。她班里的每个人似乎都有自己的特长，哪怕那些不声不响、相貌平平无奇（叫福克丝看了心烦）的学生，竟然也是拼写高手、滑冰健将或者单簧管演奏家。

早在几年前福克丝就知道，父母之所以不偏爱自己，就是因为她明显缺乏天赋。整天践踏别人的感受固然不错——福克丝本来也没打算做个和善的人，因为在缺乏天赋的基础上再加上性格懦弱，只会让她更加痛苦——但人心是种很脆弱的东西，而有些人以为保护心灵的最佳方式就是在心灵周围筑起一道墙。福克丝正是这样做的。她那道心墙很高，而且年复一年，越长越高，可她丝毫没有察觉，因为只有有了这道墙，她才能接受自己不讨人喜欢的现实而不至于太痛苦。

她偷偷瞄了费博一眼。他仍然安静得很反常，是不是因为他终于——或者说果然想出了挽救家庭财富的办法？也许片刻之后他就要宣布自己胜利的消息了。福克丝琢磨着自己有哪些选择。她可以按住费博，抢走他的企划书，然后——她灵机一动——吃掉？或者采用鲁道夫叔公的办法（但不要大动干戈挖隧道什么的）：抢走企划书作为威胁，逼迫费博答应说是他和福克丝共同想出了这些主意？

还没等福克丝采取行动，顶层套房的房门突然打开了。身穿白浴袍、白拖鞋，头上裹着白毛巾的格特鲁德·佩迪－斯阔布气呼呼地大步走进了房间。她穿着一身白衣，活像一块蛋白酥，而她身后的伯纳德·佩迪－斯阔布红头发、红面孔，活像一座被硬塞进衣服里的火山。

伯纳德猛地关上门，和妻子一起打量着两个孩子，那种眼神通常只有在见到交警或者大个儿蜘蛛时才会出现。福克丝吞了一下口水。她心里再清楚不过了，父母这样气呼呼地冲进房间，肯定没什么好事……

第二章

把你们俩寄到南极去

"这次面部护理简直是场灾难。"格特鲁德没好气地说。

她大步穿过客厅,从双胞胎之间桌子上的果盘里摘下一颗葡萄丢进嘴里,皱了皱眉,又吐在了地毯上。

"就在美容师快做完护理的时候,"她嘟哝道,"我开始滔滔不绝地宣传魅力佩迪的全新产品线,结果她却告诉我水疗馆已经决定从下个月起不再进购我的产品,因为有人投诉,对保湿霜不满意。"

伯纳德翻了个白眼。"我早就知道那款保湿霜早晚要给你惹麻烦,可是我说话你听吗?"他把手里的写字板重重地往桌上一拍，"不听。你就知道指望你儿子闪亮登场，拯救现状。"

费博挪动了一下身子，但是没抬头。

"时间不等人，"伯纳德对妻子咂咂舌头，"魅力佩迪的利润增长速度还不如一只得了哮喘的蚂蚁爬的速度。"

"斯阔布调料倒好，"格特鲁德啐了他一口，"经营者的经商技巧还不如一只刚出生的狒狒，"不等丈夫回答，格特鲁德又把火气撒向了费博，"我记得你说我们已经不再出售那款保湿霜了，因为它把客户的眉毛染绿了？"

福克丝望着费博，由于紧张，她内心绷得紧紧的。哥哥会不会就在这一刻起身，向大家公布他那个能够挽救佩迪－斯阔布商业帝国的突破性商业企划呢？

费博把记事本放回公文包，咔嗒一声关上，接着平静地抬头望着母亲说："我可以很高兴地告诉您，母亲，用不了多长时间我就可以向您提交一份极其详尽、并且肯定能让利润激增的商业企划，有了我的企划书，全世界的水疗中心保证都会采用魅力佩迪的产品。"

格特鲁德得意扬扬地笑着瞥了丈夫一眼："伯纳德，我们果然没看错，只有费博才能挽救这个家。"

福克丝咽了一下口水。她觉得自己也应该说几句漂亮的话，好提醒父母她也在房间里。

于是她清了清嗓子。"父亲,我给斯阔布调料公司做了一份更加详尽、更有利润的企划书,也快做完了。我们预计会有利润幅度……资金……大成就,"她伸手拿起领带重新戴在脖子上说,"资产。"

"快做完了可不够,"伯纳德厉声说道,"尤其是现在,挺括宾馆的主厨说什么也不肯再用斯阔布调料了,据说我们上个月推出的瘦身产品线害得一半的顾客食物中毒了!"

"那些顾客没事吧?"福克丝脱口而出。

话刚出口,她立刻缩进外套里不出声了。她打听那些人的身体状况干什么啊?这可不是佩迪-斯阔布家族的处事方式……父母反复向她灌输自家的家训,导致她全心全意地相信只有把所有人的感受都踩在脚底下,自己才能成为人上人。唯一的问题是她实在太缺乏天赋了,就连践踏别人的感受都做不好。

格特鲁德望着她,大惊失色,伯纳德的反应也没好到哪里去:"福克丝,精明强干的生意人可不会浪费时间去替别人担心!我看你接下来就要告诉我们你很同情那些受到水资源短缺影响的人了。"

福克丝瞥了一眼桌上的报纸，危及全球的水资源危机仍然占据着所有报纸的头版。过去几个月里全球没有任何地方下过雨。全欧洲的河流和水库都干涸了，庄稼纷纷枯死，动植物也接连死亡。在更远的地方，早在这次天灾发生前干旱就已经十分普遍，在有些国家，干旱已经持续了将近一年，雨林日渐枯萎，饥荒不再是稀奇的事情，社会上暴力事件时有发生。气象学家、科学家和环保人士早就提醒过人们，要小心全球变暖造成的毁灭性后果，但谁都没预料到灾难发展的速度竟然如此之快。

格特鲁德顺着女儿的目光望去，然后又拿起一颗葡萄用手指捏烂，丢到地毯上留给别人去收拾。"只要我们有钱，就永远有水用——而我们会有钱的，因为践踏别人感受的人最终总是能达到自己的目的。至于其他人，谁在乎他们啊！"

福克丝点点头，坚定地说："无论保护环境还是帮助人，我一丁点儿忙也不打算帮。"

她说的是实话，但她并不知道一场冒险已经与她近在咫尺，而这场冒险会迫使她做出与她的打算完全相反的举动。

伯纳德伸手去拿写字板。"我要回厨房去再给他们施施压，"他看了妻子一眼，"还有，鉴于魅力佩迪的现状堪忧，我建议你也去水疗中心做同样的事情。"

格特鲁德高傲地抬起一边眉毛望着两个孩子："至于你们俩……早就该自食其力，而不是在我们这里啃老。佩迪 - 斯阔布家族的利润现状前所未有地低，等我和你们父亲回来的时候，我们要你们汇报商业企划。别再为不成熟、不完整的信息浪费时间了。我们要的是确切、清晰、能让利润飙升的实实在在的案例。"

"要是你们再让我们失望，"夫妇俩大步向门口走去时伯纳德高声说道，"明天一早我就把你们俩都打包寄到南极去。你们要是不想去，就待在这里把商业企划书准备好！"

房门砰地关上了，福克丝咽了一下口水。

不过，伯纳德·佩迪 - 斯阔布无意间说出了四个大错特错的字。叫一个孩子"待在这里"跟叫他"安静"一样没有用。这样的要求对小孩子来说太要命了，因为他们根本管不住自己的脚和嘴。

因此，尽管此时此刻福克丝心里已经在想象自己被一群愤怒的企鹅踩在脚下的场景，但用不了多长时间"待在这里"这几个字就会在她全身游走，带着她的双腿活动起来。

她瞥了费博一眼。把他的商业企划书吃掉已经不可能了，因为他已经把文件放进了公文包，只有费博自己才知道包的密码。不过，要是她把公文包整个偷走处理掉……

心动不如行动，福克丝一跃而起，抓起公文包撒腿就跑，冲出了顶层套房。

"福克丝！"费博大喝一声，"把包还给我！"

福克丝沿着走廊狂奔，一边跑一边拼命想办法。怎样才能把某样东西永久性地处理掉呢？除了寄到南极以外……

她回头张望，看见哥哥也来到了走廊，在她身后穷追不舍，他眼神中不仅有愤怒，还带着惊慌。福克丝加快了脚步，她跑过一间间客房，钻进了正要关门的电梯。她听见费博的拳头在门的另一面猛捶，但他来迟了一步。电梯已经开始向一楼下降了。

福克丝气喘吁吁地扭头望着电梯里站在她身边的那位女士，她推着架手推车，上面装满清洁用品。"用什么办法才能用最快的速度处理掉一样东西？"

那位女士想了想。"有一次我丈夫把一双臭袜子忘在了橱柜里，过了十二年才被我找到。那袜子的气味像只死掉的獾，"她顿了顿，"于是我把那双袜子烧了。"

福克丝握紧公文包的提手。真皮能烧起来吗？她抬头看着那位女士。"你车上有火柴吗？"

女士笑了，接着她意识到福克丝不是在开玩笑，一丝危险的光芒在她栗色的眼睛里闪烁。"你究竟要处理什么东西呢？"

福克丝思考了一下自己的答案，然后举起公文包说："我爸爸下定决心不让工作影响自己度过一个完美的假期，所以让我替他把这个处理掉。"

尽管有心墙的保护，福克丝的心还是疼了一下。倒不是因为撒谎——她早就习惯了歪曲事实，只是不如她哥哥擅长而已——而是因为她生活的这个世界既不正常也不公平，而且残酷得令人难以置信。令她惊恐的是，她感到自己心里竟然有种落泪的冲动。她抿紧嘴唇望着那位女士，想出了一些刻薄的话。

"要是你不立刻想出一个实用的办法处理掉这个公文包，我就向宾馆投诉，保证让宾馆在晚饭前就把你处理掉。"

那位女士眨眨眼睛，叹了口气，似乎已经习惯了跟这样的客人打交道。"看包上的搭扣应该不是破烂货，要是这个包值点钱的话，我就不会把它扔掉，而是把它拿到村里的古董店去。他们收购各种别致的东西，转卖给世界各地的顾客，他们会给你开个好价钱的。"

尽管福克丝长期以来接受的教育都是要时刻想着赚钱，但她并不认为在南极生活需要很多钞票，不过这时她想到了一个绝妙的主意。也许她可以用这笔钱来贿赂邮局的工作人员，把她寄到别的地方，寄到一个企鹅更少、人更多的地方去。

电梯颤了几下停住了，电梯门缓缓打开。

"你出了宾馆大门右转，"福克丝拔腿就跑，那位女士高声对她说道，"沿着那条路跑过火车站，然后在路开始向左拐的地方走第一条岔路。那家店就藏在那里。"

福克丝没有向她道谢——一部分原因是她根本没考虑过这么做，另一部分原因是她看见费博三步并作两步跨下了消防通道的最后几级楼梯，穿过门厅向她奔来，活像个发了疯的矮个子商业大亨。

她冲上石子路，在午后的阳光里眯缝起眼睛望向一排排高低错落的彩色房子，铺着红瓦片的尖房顶指向蔚蓝的天空。去年夏天迷踪谷里尽是成群结队的游客，他们或骑着自行车闲逛，或在餐馆的遮阳篷底下吃冰激凌。不过用水危机出现之后，迷踪谷与世界各地的度假胜地一样，都变得更寂静、更冷清了。

缺水的迹象不算明显，但确实存在：窗外的花盆里空空如也，因为现在禁止浇灌纯观赏植物；数不清的餐馆都关了门，因为作物枯萎导致食物价格上涨，这就意味着去得起饭店的人越来越少；宾馆的房间闲置了一半，因为宾馆只能向有限的顾客提供用水；村外那座为国民供水的水库水位已经低到濒临干涸，每幢建筑都只能按配额用水。

福克丝没理会这些，继续狂奔，她知道费博还在自己身后紧追不舍，她必须想办法在岔路口甩掉他。火车站豁然出现在她面前，那位清洁工女士说得果然没错。只是这座车站的样子跟福克丝以前见过的其他车站不同，这里没有许多站台聚在同一片屋顶下。实际上，迷踪谷站根本没有屋顶，只有一条火车轨道，两侧各有一座站台，还有一座小木屋，看样子可能是售票亭——不过售票亭跟站台一样都空荡荡的。在车站背后，福克丝能看见长满林木的群山，那些树木原本高大青翠、绿叶生机勃勃，现在却由于缺水而弯曲变形，变得枯黄。

她用百米冲刺的速度跑过火车站，眼睛紧盯着那条岔路，希望能在被哥哥看见之前消失在岔路口。她的注意力完全集中在寻找岔路上，丝毫没留意迷踪谷的火车站。不过，倘若福克丝跑得慢一点，对车站的关注多一点，她也许就会真真切切地感受到魔法萌发时带来的那一丝心动。

再过四十七分钟，迷踪谷车站会发生一件事，而这件事将永远改变佩迪－斯阔布家双胞胎的命运。

第三章

迷踪谷车站的古董店

大路向左转，福克丝箭步冲上岔路，几乎是一头扎进了那间古董店。店里十分安静，细碎的灰尘在空中飘荡，在阳光的映照下悬浮在成堆的古董上，仿佛成千上万颗飘在室内的星辰。

福克丝环顾四周，店里快要被堆满的东西挤爆了。餐桌上摆满老式天平、黄铜水罐和灰扑扑的餐具，紧挨着餐桌的是旧钢琴、老爷钟、旧行李箱和大衣柜。破旧的扶手椅上摆着地球仪，墙角塞着一把船舵，首饰盒一个叠一个摞得老高，天花板上垂下一只吊灯，店里的每个角落都堆满了废品。福克丝眨眨眼，厌恶地看着面前的一切。

这时，她听见费博沉重的脚步声越来越近，不由得绷紧了神经。哥哥究竟会沿着大路跑进另一家店，还是会像许多双胞胎那样，在冥冥之中感受到福克丝在这里转了弯呢？她把公文包塞到一架钢琴底下为自己争取时间，片刻之后，费博风风火火地闯进了古董店，进门时撞飞了一大堆古籍。

他扭头望着妹妹。"在哪儿呢？"

福克丝从费博的声音里听得出他十分惊慌，但她同时也注意到费博没有像往常那样对自己恶言相向：说她是废物、榆木脑袋、臭屁精。福克丝并不喜欢这些词，不过费博这样说她的时候她起码对自己所处的状况心中有数。然而最近他总是沉默不语，而且很少践踏别人的感受，福克丝实在搞不懂他葫芦里卖的什么药。她从架子上取下一只生锈的望远镜，拿在手里转来转去。

"我把你的包扔在大街上的垃圾桶里了，"她顿了顿又说道，"所以假如我是你，我就会趁垃圾还没清走，到那里去翻一翻。"

费博一把抢过福克丝手里的望远镜往背后一扔。"我可没看见你在垃圾桶附近停留，"他正了正领带，表示自己不是在开玩笑，"你到底把它怎么了？"

"你要是再烦我，"福克丝嘟哝道，"小心我把你也扔进垃圾桶里。"

这时商店的后屋传来一声咳嗽，双胞胎猛地转过身，看见大衣柜背后走出了一个老人。他黝黑的皮肤布满皱纹，灰白的头发卷曲蓬松，手里拿着一根羽毛掸子。

"我曾经被人大头朝下扔进了一只垃圾桶，"他说，"对方是个名叫利奥波德·多金的男孩，"他打了个冷战，"真是个讨人厌的家伙，他总是啃自己的脚指甲，"老人把羽毛掸子塞进自己的围裙里，"好了，我能为你们两个做些什么呢？你们要知道，我店里不收购垃圾桶，不好意思。"

"你应该买些垃圾桶的，"福克丝嘟哝着说，"你这里废品这么多，足够装满几百个垃圾桶。"

老人穿过各式各样的古董向双胞胎走来。

"你别想把这些废品卖给我们，"福克丝傲慢地说着，朝老人身边那座老式写字台踢了一脚，摆在桌上的墨水瓶叮叮当当地掉在了地上，她接着说，"佩迪－斯阔布家的人从来不买二手货，就算是精品中的精品我们照样买得起，才不需要买二手货呢。"

她瞥了哥哥一眼，以为他也会说些同样粗鲁的话，但他正忙着在古董之间翻找自己的公文包。

老人拾起墨水瓶放回桌上，看了看双胞胎。他不常跟孩子打交道，他的顾客大多是成年人，他和妻子也没有孩子。尽管如此，他对孩子们的印象还算不错，因为过去的个人经历告诉他，某个世界或者国度需要拯救时，也许正是孩子们挺身而出解决危难。不过，此刻站在他面前的这两个孩子并不像是会拯救世界的那种孩子。一点儿也不像。

因此，老人发现女孩刚刚踢过的那座写字台的抽屉半敞着，里面散发出蓝色的幽光时，他十分吃惊。他匆匆走过去，从抽屉里取出了一只天鹅绒小口袋。

"这不可能……"他喃喃低语，把袋子里的石子倒在手心。

太阳已经沉到街面以下，拥挤的古董店里光线昏暗，唯有石头散发出耀眼的光亮。

福克丝心不在焉地摆弄着自己的辫子。"我猜你接下来会说这颗石头是世间珍品，值好多钱。"

仍然在为公文包而担忧的费博也忍不住把目光转向了那颗闪闪发光的石头。"里面是什么？电池？还是小灯泡？"

"是魔法。"老人低声说。

费博从他皱纹密布的手里拿起石头，放在自己手心翻来覆去地查看，接着翻了个白眼。到了现在的年纪，他已经不再相信魔法了。不过，就在他打算把石头还回去的时候，老人突然伸手抓住了费博的手腕。

"这个世界并不是你所认识的那个样子。但假如我把真相告诉你——说我们之所以存在，是由于四个看不见的魔法国度为我们的世界创造出了天气——你肯定会笑话我，多年前我听见这些话时也和你一样。"

费博挣脱了手臂，但老人仍然说个不停，声音低沉而急迫，仿佛为了说出这番话他已经等待了许多年。

"想必你们都听说过七十年前那些可怕的飓风吧，它差点将我们生活的世界撕碎。直到如今，科学家们也没搞清楚为什么那些飓风开始和结束得都那样突然。那是因为飓风与科学无关……那是魔法引起的。"

费博摇摇头。"你疯了。"

这一次福克丝也同意哥哥的看法。"我最讨厌老年人了，"她嘟哝道，"他们都穿着开襟毛衣和拖鞋，没完没了地织毛线，这些事已经够糟糕了，但是还比不上他们说的那些胡话，真叫人受不了。假如我是首相，我就颁布一道法律，规定五十岁以上的人出门时必须用胶带把嘴封住。"

老人没理会双胞胎说的话。"我还是个孩子的时候，"他说，

"我无意间发现了一颗凤凰之泪魔法宝石，那颗眼泪宝石把我带到了云上之国。它是四个魔法王国其中的一个，当时有个名叫莫格的女妖利用那里生长的魔法风肆意搞破坏，"想到这里他不禁打了个冷战，"不过，在一些朋友的帮助下，卡斯帕·托克，也就是我，把莫格和她的追随者逐出了云上之国，从而让我们这个世界的气候恢复了正常。"

费博上上下下地打量着这位古董商："你真的相信飓风是因为你才停下的？就因为你在一个魔法王国里做了些事？"

卡斯帕点点头："没错，跟我一起的还有个名叫绝·不领情的女孩，还有一条名叫阿洛的小龙。不过我们也接受了雪花侏儒、阳光精灵还有泽普——一个有魔力的热气球的帮助，"他看看福克丝，又看看费博，"我知道，总有一天莫格会酝酿出新的阴谋来盗取魔法王国的魔法。只要她控制住四个王国中的一个，其他三个王国也会随之陷落，因此她是不会善罢甘休的。"

福克丝环顾四周："这里好像没有透明胶吧？"

老人仍然没理她："我和我妻子苏菲花了一辈子的时间去世界各地参加古董展销会，就是为了再找到一颗凤凰之泪。后来我们遇到了这座正在出售的商店，这里让我有种熟悉的感觉，"卡斯帕的眼睛一亮，"那就是魔法的吸引力。藏在这座写字台抽屉里的正是这颗石头——一颗凤凰之泪。我对此始终坚信不疑，因为假如你曾体验过魔法，又再次与它相遇时，你自然会明白的。"

双胞胎盯着那颗石头，它在费博手里调皮地闪着光，在那一瞬间，所有与公文包、佩迪-斯阔布家族的财富、南极有关的念头都被他们遗忘了。

"我们的星球再次受到重创。要是再不尽快下雨，谁知道会发生什么呢？全球变暖，我们每个人都有错。我们应该更早地行动起来，而不是对身边的危险信号视若无睹。但我推测这其中也有黑魔法在捣鬼，"卡斯帕顿了顿又说道，"看样子凤凰之泪的魔力已经被激发了，尽管我不知晓其中的原因，但我相信它选择了你们两个来拯救我们。"

房间里陷入了沉默，接着费博扑哧一声笑了，说："好一通胡说八道！"

"至于我们出手拯救这个星球，"福克丝接着说，"你还是趁早打消这个念头吧。佩迪-斯阔布家族的成员是不会关心人、帮助人、拯救人的。这对我们有什么好处？没门儿，要是不践踏别人的感受，就会被别人践踏——我们宁愿踩人，也不想被踩。"

"说得对，"费博说着把石头放回卡斯帕手里，瞪着福克丝，"快点把公文包还给我，我可以考虑不踩你。"

卡斯帕把头一歪："你说的是钢琴底下那个？"

费博冲到钢琴跟前，在底下翻找起来，福克丝见状顿时浑身僵住了。她看看卡斯帕，看看石头，又看看卡斯帕。她在老人的眼睛里看见了某种火焰般的东西，像他手里的石头那样耀眼：是希望。

他对福克丝微微一点头："拿着这颗石头。快跑，小姑娘，径直跑进这场冒险当中。魔法王国选中了你，魔法决定选中一个人的时候，想要从中挣脱，那几乎是不可能的。"

福克丝眨眨眼睛。这老头儿疯了吧——他肯定是个疯子——不过她的计划已经全毁了，费博眼看就要获得胜利，而这颗在黑暗中闪光的石头似乎很不寻常，其中蕴藏着某种天马行空却又充满希望的东西。就在费博带着胜利的喜悦举起公文包的那一刻，福克丝抓起卡斯帕手心里的石头，转身跑出了古董店。

福克丝沿着大街狂奔。她不能回宾馆，因为父母的要求清清楚楚：要么想出商业计划，要么就被寄到南极去。她必须离开这里，立刻离开。可是她不知道该去哪儿。

　　她沿着街道脚步匆匆，这时火车站再次出现在她的视野里，福克丝感到手里的石头在隐隐地跳动。她来不及多想，转向火车站，跑过空荡荡的售票亭，跑上了铁轨两侧彼此呼应的站台。那里停着一列火车，它的出现仿佛一份礼物——一份光明灿烂、令人充满希望的礼物。逃避和自由的吸引力过于强大，福克丝甚至没有停下来稍加思考，为什么那列火车是一列样式古老的蒸汽火车，而且烟囱里喷出的蒸汽居然是亮绿色的。

　　尽管她并不知道火车要开往哪里，她还是把石头紧紧地握在手里匆匆跑过站台，纵身一跃上了车。她回头望去，只见费博正向她奔来。他要干什么？他之前是那样急不可耐地想找回公文包，然而看他现在的样子，似乎他并不急于回到父母身边把包里的商业企划书拿给他们看。难道他一直在编造记事本里的内容？要是他的公文包里并没有巧妙的商业计划，那又会怎样呢？福克丝十分确定，费博的公文包里一定装着某种非常有价值的东西，某种他不想失去的东西。

　　火车咔嚓咔嚓地缓缓开动了，费博加快了脚步，趁火车的车速还没快起来时爬上了车。这时福克丝意识到自己生活的那个既丑陋又一成不变的世界此刻似乎发生了某种变化，它似乎蕴藏着某种意外和秘密：比如她的哥哥究竟为什么要跟着她登上这列火车？

　　不过，只有等到车门猛然关闭，福克丝把目光投向车厢里之后，她才意识到她的世界里不仅多了意外和秘密，更充满了魔法。

第四章

魔法特快列车开动了

　　最先开口的是费博，他平常说话总是油腔滑调，带着一丝挖苦，此刻却结结巴巴、声音沙哑。"我在做梦，我肯定是在做梦，"他转身对福克丝说，"快告诉我我在做梦！"

　　福克丝目瞪口呆地望着那些奇异的植物抽枝展叶，钻出车厢的地板缝：有的像拖拉机的轮子那么大，长着红白色的波点；有的形状像菠萝，却是蓝色的；有些黄色的小不点儿成簇地长在一起，仿佛坠落的星星；有的是紫色的细长条，长得像一根根扫帚。这里的植物太多，几乎覆盖了地板。藤蔓绕着天鹅绒窗帘盘旋着向上爬，在天花板上悬挂的灯笼之间彼此交错。一只松鼠大小的动物顺着藤蔓匆匆向高处跑去，它长着尖尖的耳朵和绿色的皮肤，惊愕地看了两个孩子一眼，接着便跑出了他们的视线。

在这乱糟糟的丛林中赫然摆着一套客厅家具，仿佛它们本来就应该放在那里似的：两把大扶手椅之间有张茶几，另外还有一把天鹅绒贵妃椅、一个摆满大大小小的皮面书的书架、一口大箱子（鬼知道里面装的是什么，说不定也是长着尖耳朵的绿色小动物），以及挂在车厢另一头的凤凰挂画，不知为什么，画上的凤凰竟然在画框里动来动去。

福克丝看得目瞪口呆："公……公共交通都是这样的吗？"

费博把公文包紧紧地抱在胸前。"我觉得不对劲。其他乘客到哪儿去了？"

福克丝看了看他们身后的车厢，里面同样尽是怪异的植物和家具，却没有人。

费博戳戳妹妹，朝车厢前方示意了一下。"去找找——"他顿了顿，"正常的东西。比如乘客、餐车、检票员什么的。"

福克丝仔细打量着哥哥，他缩着肩膀正在咬嘴唇。福克丝这才意识到这是她第一次看见费博害怕，而且不仅是害怕，他甚至有些情绪失控，她不由得怀疑自己对他的了解究竟有没有想象中那么深。

福克丝眯起眼睛望着他说："费博，你为什么要跟着我跳上车？既然你的公文包里装着能挽救家族财富的商业计划，你为什么不把它拿回去给爸妈看呢？"

一只金色的甲虫落在费博肩膀上，又展开翅膀飞走了，他不禁一畏缩。"依我看，现在不是该担心这些事情的时候。我们应该先搞清楚这列火车要开往哪里，以及为什么车里会有——"他眯缝着眼睛打量着眼前的场景，"有座花园。"

福克丝向窗外瞥了一眼。"车开得这么快，你觉得正常吗？"

火车飞速疾驰，窗外的乡间景致变成了一片模糊的光影，费博把公文包搂得更紧了。"去找个检票员来，或者其他头脑清醒的大人也可以。"

"好吧，"福克丝嘟哝道，"不过，我不在的时候你也该做些有用的事，先在这个车厢里找找列车时刻表，搞清楚我们究竟是要去哪儿，"她指指那口大箱子，"就从那里开始找。"

费博转身望着箱子，上面覆盖着紫色的苔藓，他畏缩了一下。

"要不是我太了解你，"福克丝讥笑道，"我准会说你被一堆植物吓破了胆。看来只有靠我才能把我们从这个烂摊子里解救出去了。"说完，她大步向火车头的方向走去。

不过她的勇敢其实也是装出来的。在内心深处，福克丝也很害怕。她走过一节节车厢，每间车厢里都长满植物，摆着扶手椅，却一个人也没有。她突然想到了她的父母。他们什么时候才会发现她和费博不见了呢？他们会在乎，会来找他们吗？也许他们反而会松口气，终于不用再为两个没法给他们赚大钱的孩子操心了。福克丝决定不去想这些事，因为这些想法会勾起一种她很熟悉的伤感情绪。她不再胡思乱想，继续穿过车厢往前走。

直到出现在她面前的不再是车厢而是一扇门，她才意识到自己已经走到了列车的尽头。她面前的门上刻着两行字：

检票灵

目前在打盹

福克丝不确定这是好事还是坏事，她也不确定"检票灵"究竟是不是应该写成"检票员"。不过，就在她上前一步准备敲门的时候，刻在门上的字母突然晃动几下，拉开了距离，紧接着木头上多出了一个字。福克丝不由得倒吸了一口气。

检票灵

目前没在打盹

房门打开了一道非常细小的缝隙，福克丝多么希望里面能走出一个头脑清醒的成年人来。然而在她看见那家伙从门缝里钻出来的那一刻，这个希望立刻烟消云散了。那东西在她面前舒展筋骨，看身材倒像是个成年人，可是人的身体是肌肉和骨头构成的，而这家伙的身体却像是一缕缕白烟构成的。

福克丝惊叫起来。门上的字写得没错，这个检票灵确实是个"灵"！"你是个……是个……鬼！"她脱口而出。

那鬼个子很高，是个男的，身上只裹了一条缠腰布。"确切地说，我是个丛林幽灵，"他不客气地说，"我叫特迪斯·尼构，作为一个爱唠叨的大人的幽灵，我需要检查你今天早上有没有认真刷牙、出门有没有带驱蚊剂，以及你是否打算在合理的时间内上床睡觉——即使这趟车晚点了也不能熬夜。"

福克丝再次尖叫起来，接着快步跑过一节节车厢回到了费博身边，他正拿着公文包挥打一只长着钻石翅膀的蝴蝶。

"我把它从箱子上弹走，它竟然咬了我的手指一口！"他哭喊道。

福克丝看了看哥哥的手，十根手指头都是完好的，没出血。"死不了，放心吧，"她气喘吁吁地说，"我带回来的消息是，这列火车上有鬼。"

"什么？！"费博脸色煞白，连忙腾挪着脚步凑近妹妹，他忽然意识到自己从来没有离家庭成员这么近过，便又退后了几步。"佩迪－斯阔布家族之所以从不乘坐公共交通，就是因为这种事，"他恶狠狠地说，"是什么样的鬼？穿正装的还是穿铠甲的？有没有拿着剑挥来挥去？"

"没有，"福克丝尽量平复呼吸，说道，"它穿着一条缠腰布。"

说曹操，曹操到。这时特迪斯·尼构优哉游哉地走进车厢，在贵妃椅上舒舒服服地坐了下来。看费博的神情，他随时有可能昏过去。

"欢迎你们乘坐来来往往特快列车。"丛林幽灵跷起二郎腿（其实他不该这样做，他毕竟只穿了一条缠腰布），从身边的茶几上拿起茶壶给自己倒了杯茶（这样做实在没必要，因为他是个幽灵，茶水径直穿过了他的身体），然后笑着说："这趟车中途不靠站，终点是雨林之国——负责给远方世界分配降水的魔法王国。"

福克丝和费博彼此交换了个惊慌的眼神。卡斯帕·托克提到的神秘国度就叫魔法王国……难道那老头儿说的是真的？但那是不可能的……不是吗？

"实在抱歉，餐车不能用了，有时候火车不事先提醒就会把车厢分开，司机也罢工了，"特迪斯·尼构把茶杯放回茶碟上，"在我告知剩下的乘车提醒之前，你们还有问题要问吗？"

费博尚未完全接受自己正在跟幽灵说话的事实，突然听说了火车没有司机的消息，衣服下不由得冒出好多汗。"没有司机，那……那火车什么时候停呢？"

丛林幽灵又毫无意义地喝了一口茶水："唉，来来往往特快列车的司机最喜欢罢工了。仔细想想，我好像有十年没见过司机了……"

他从身边的植物上摘下一只水果，长得像香蕉，却是蓝色的，就凭他的消化系统，吃水果跟喝茶的效果是一样的。

"不过火车行驶靠的是丛林液——想必你们在火车站看见了烟囱里冒出的绿色烟雾吧？有了丛林液，火车就可以来去自如，甚至能时不时地从雨林之国开到远方世界。不过，最终来来往往特快列车总是能开到正确的目的地。"

"可是——"费博咬了咬嘴唇,"雨林之国听起来不像是个适合我们的目的地。"

特迪斯·尼构扭头看看两个孩子。"你们穿成这样肯定不合适。在我印象里从来没人穿着套装去丛林里探险寻宝。我倒不是建议你们穿着缠腰布去拯救世界,这东西舒服倒是真的,不过明智的做法是穿上胸围更宽松的衣服。要是连胳膊都抬不起来,你们可没希望从莫格手里逃脱。再换两双更方便抓地的鞋子?要是你们想找到长生蕨让远方世界恢复降水,就必须能够尽快爬上狼吞虎咽树之类的地方。"

福克丝低头看看自己带搭扣的小皮鞋,接着摇摇头,她才不相信特迪斯·尼构说的话呢。可是他说的话跟卡斯帕·托克说的完全吻合,这不禁令她隐隐有些担心……踏上冒险旅途,把莫格赶出魔法王国,找回地球上的雨水。

特迪斯·尼构站起身:"好了,在你们抵达雨林之国之前还有几件事要告诉你们,"他清了清嗓子,"你们可以舒舒服服地坐在侬偎椅上,它们很快就会变成符合你们性格的样子。手脚离箱子怪远一点,它们通常不会来打扰你们,只是偶尔喜欢搞些奇怪的恶作剧,不过它们总是很饿,牙齿又特别尖利,连石头都能咬穿。"

那只长着尖耳朵、绿皮肤的小动物从藤蔓之间钻出来，忽然向福克丝露齿一笑，她不禁吓得往后一缩。

"到达的时候记得多涂些防晒霜，"丛林幽灵最后说道，"要是你们不仅没能拯救世界，反而被晒伤了，那可太丢人了。"

说完，他哈哈大笑起来，双胞胎却没有笑。

"来来往往特快列车上的植物已经习惯了你们这样的远方世界国民。你们知道的，有时火车会出错开到你们的世界里。虽然它通常会在当地人爬上车之前消失离开，但这已经足够让车上的植物对你们的样子和穿着打扮有简单的了解了。不过，至于雨林之国里的植物嘛……要牢牢记住，对它们要客气些，这样你们被吃掉或者被踩死的可能性才会小一些。"

费博忍不住呜咽了一声，但他飞快地掩饰过去了，对幽灵、植物和妹妹气呼呼地低声怒吼了一声，但他的样子并不令人信服。

吃人的灌木丛在福克丝脑子里直打转："那里的植物是活的？"

"每一株植物都是活的，"丛林幽灵答道，"不过有魔力的植物更——怎么说呢？——有个性，"他指指一簇样子像向日葵的高挑黄色花朵，"就拿时钟花来说吧，话不多，但是非常可靠。"

花朵见有人注意到自己，黄色的花瓣欣喜地抖动起来，福克丝凑上前查看，发现花瓣中央确实长着一只表盘。

"时钟花只生长在雨林之国。它们能在来来往往特快列车上生根发芽，我们真的很幸运。它们为我们报时已经有几百年了。考虑到远方世界里的一年几乎相当于魔法王国的三十年，这种植物既能记录魔法时间又能记录非魔法时间，真的很有用。"

福克丝突然想到了父母。假如她和费博在雨林之国被困几天、几个星期，甚至几个月——想到这里福克丝不禁打了个冷战——也许家里人并不会发现，因为在他们的世界里并没过去很长时间……

费博显然也在想同样的事，他尖声说道："我要求你现在停车！"

福克丝也跟着跺脚："立刻停下！"

特迪斯·尼构扬起一侧的幽灵眉毛："我告诉过你们了，这班列车不靠站，所以我建议你们接受现实。毕竟还有好多事情等着你们去做呢，"他正了正缠腰布，"因此，假如我是你们的话，我就会保存体力，再说我也不记得历史上有哪个人跺几下脚就能改变状况。"

他悠悠地离开了车厢。"请不要再打扰我打盹了，"他说，

"否则我就会回来，挥舞着各种可怕的武器来找你们算账，宝剑、斧子都有可能，要是我心情格外糟糕的话，说不定还会拿上长柄大锤。"

丛林幽灵刚离开，费博立刻转身对福克丝说："这全都是你的错。"

"我的错？"福克丝大声说道，"我可没叫你跟着我！我以为你会跑回宾馆宣布自己挽救了魅力佩迪呢！我真搞不懂你干嘛要跟着我上火车！"

费博正了正领带，深吸一口气，然后看了一眼公文包说："这里面并没有关于魅力佩迪的企划书。"

福克丝猛然一惊。她先前的揣测是真的，哥哥确实向父母撒了谎。

"不过，"费博继续说道，"这里面确实有个能赚大钱的方案，是关于其他事情的。只是我还需要一点时间来完成它，我以为一趟短途火车能为我争取几个小时的时间。结果看样子我不得不跑到这几个魔法王国去了，天知道那究竟是什么地方！"

福克丝在哥哥脸上仔细观察说谎的痕迹。在宾馆的顶层套房里她错过了那些蛛丝马迹，现在她决定更加仔细地观察费博说谎的迹象：他说假话时嘴角总会不由自主地抽紧。可是她什么迹象也没发现。福克丝嫉妒地想，不知费博想出了什么绝妙的主意，竟然比挽救魅力佩迪还要好。

"这个计划将使我一举成功。"费博淡淡地说。这时他的嘴角抽紧了一下，转瞬即逝。

哈！福克丝心想。看来她哥哥确实有个计划，但他并不确定计划能够成功。她感到内心又萌生了一线希望。

这时费博又说："就连斯奎宝太太也说我的计划有希望。"

假如费博现在说的是真话——看样子很像是真的——那么斯奎宝太太其实并没有帮他额外补课，而是在跟他合作制订计划，稳固他在佩迪–斯阔布家族的地位。这意味着他很可能已经把福克丝甩开了一大截！有谁愿意跟她合作呢？一个人也没有……一阵熟悉的孤独感渐渐涌上了福克丝心头。

她怒气冲冲地瞪着哥哥的公文包。有一小会儿的工夫，她以为自己跟他势均力敌，但现在看来，假如费博想办法下了车，那么他大可以回到父母身边，因为他很有底气，知道学校里最受人敬重的老师肯为他做担保，他的计划将变成上百万的钞票，挽救家族财富。

费博傲慢地瞥了福克丝一眼："你的计划呢？你说你也有个计划，已经准备得差不多了。"

福克丝不愿承认自己的计划只是逃跑，以免成为佩迪－斯阔布双胞胎当中没出息的那一个。她扑通一声坐在了扶手椅上，一句话也不肯说。

这时，扶手椅——特迪斯·尼构把它称作依偎椅的那个东西——忽然动了，福克丝不由得惊叫起来。

"它是怎么了？！"她惊声大叫，只见依偎椅扭动几下，打了个哆嗦，从松松垮垮的扶手椅变成了一座很不舒服的钢铁宝座，椅背上满是锐利的尖刺，扶手上也布满钉子。"特迪斯·尼构明明说这些椅子会变成符合我们个性的样子。这简直就像坐在铁椅子上嘛！"

福克丝吃惊得愣住了，就在她陷入沉默的那几秒钟，依偎椅再次开始变形。尖刺缩了回去，钉子也消失了，钢椅子忽然扭动几下，变成了一张毛茸茸的超大号懒人沙发，并且发出柔和的呼噜声。

费博不禁有些好奇，他凑到另一把依偎椅旁边，把公文包放在膝头坐了下来。依偎椅立刻转起圈来，抖了几抖，变成了一把办公椅。

福克丝叹了口气。费博的依偎椅果然变成了一把肩负重任的办公椅，而她自己却只有一张幼稚的懒人沙发。这时她忽然吓了一跳。懒人沙发似乎正抱着她，起码她推测这是在抱着她。虽然从来没人真正拥抱过她，但她在电影里见过，也在学校放假、家长来接孩子时看到过其他家庭这样做，这个懒人沙发似乎确实伸出毛茸茸的手臂搂住了她的腰。流泪的冲动突然涌上福克丝心头，不过谢天谢地，她不用受这份折磨了，因为费博的椅子此刻越转越快，他不禁尖叫起来。

"快停下！"他大声呼喊，"快叫它停下！"

等到依偎椅终于停下时，它已经不再是办公椅，而是变成了一张带有精美雕花的公园长椅，为了坐得更舒服，上面还铺了一排五颜六色的靠垫。福克丝很是纳闷儿。特迪斯·尼构说依偎椅会变成符合他们个性的样子，可是毛茸茸的懒人沙发能代表她的哪些特点，公园长椅又能揭示费博的哪种性格呢？这根本说不通嘛。不过眼下他们还有更紧急的事情要研究，比如搞清楚究竟发生了什么事。

火车仍然在行驶，速度快得叫人心里没底，福克丝向窗外望去，看见天光渐渐黯淡。车厢本身似乎也感受到越来越重的暮色，灯笼燃得愈发明亮，一些植物蜷曲起枝叶，似乎打算睡觉了。

福克丝来到书架旁，扫了一眼书名，想找一本能够帮助他们搞清楚自身处境的书。

"如果——"她停下来使劲瞪了费博一眼——"卡斯帕·托克说的是实话,这列火车也是真的,我们确实正在去往魔法王国中的雨林之国的路上,那么我个人认为还是提前了解一下我们的目的地比较好。"

她取下一本皮面大部头的《雨林之国异闻及指南》放在腿上,作者名叫米尔德丽德·安博法尔。费博装出一副不感兴趣的样子,不过福克丝刚翻开目录页那本书便说起话来,他自然也没法充耳不闻了。

"关于高巫——每个魔法王国的掌事者,翻到第三页,"一个女人——估计就是米尔德丽德·安博法尔本人——的声音说道,"关于魔法怪兽(包括哼哼白、游翼兽和箱子怪的全页插图),翻到第十页。关于雨林植物(包括有关雷莓灌木的新发现),翻到第二十三页。关于长生蕨,翻到第五十一页。"

福克丝觉得从掌事的高巫入门听起来最合理,可是长生蕨似乎在冥冥中召唤她。毕竟特迪斯·尼构说过,那正是他们需要寻找的东西。

她翻到五十一页,书中的声音立刻继续讲了下去:

"在我探索雨林之国的过程中,我见过能结出零花钱的植物，也见过长满被人遗忘的东西的树木，然而我游遍全国，却从未找到过长生蕨的踪迹。蜡烛树的树蜡中记载过一篇古老的预言，说这种蕨类植物能让人长生不老。如果蜡烛树的预言可信的话，人们可以选择把这棵蕨据为己有，也可以选择把其中的稀世珍珠栽种在魔法王国的土地里，让那个王国永远平安繁荣。"

福克丝合上书。一棵能让人长生不老的蕨？那正是她需要的东西！斯阔布调料公司宣称他们的配料具有各种各样的功效，从改善睡眠到提高智力都有，其实都是在吹牛。但这种能让消费者长生不老的配料肯定能卖出上百万，甚至几十亿的销量！不仅如此，虽然过去几个小时里发生的事情大多荒唐至极，不可能是真的，但福克丝还是忍不住对长生蕨信以为真。如果她能把这件宝物带回去交给父母，他们肯定会爱她、接受她、喜欢她的，尽管魔法听起来不着边际，但这个念头战胜了她的疑心。

她头脑中也曾闪过一丝犹豫，书中提到的雨林之国的"平安繁荣"或许也很重要。但父母在宾馆里说的话闯进了她的脑海：替别人担心就是在浪费时间。再说，这些人跟那个叫莫格的女妖之间的战争关她什么事？

福克丝看了费博一眼，见他正专注地盯着她膝头的书。福克丝知道自己之前的推测是正确的：虽然哥哥说了好一番有关斯奎宝太太的大话，但他实际上对自己的计划并没有信心。而现在他渐渐变得紧张起来，因为找到长生不老的宝物卖掉，这是一个稳赢的法子，假如福克丝抢在他前面找到长生蕨，那么要在南极住一辈子的就是费博了……

两个双胞胎谁都没说话，心里却都很清楚他们现在都对雨林之国的魔法信以为真了。他们相信魔法不是因为他们生活的世界需要降雨，或者雨林之国需要解救——这些事就留给别人去做吧——他们相信这是个让父母对自己另眼相看的机会，自己能否避免被逐出家门的命运，全靠长生蕨。

福克丝不知怎样才能找到长生蕨，但她推测自己口袋里的凤凰之泪也许会对此有帮助。凤凰之泪的魔法说不定正是她寻找长生蕨所需要的东西。

福克丝坚定地看着哥哥说："长生蕨是我的。"

"要是先被我找到，它就不是你的了，"费博挺起腰杆说道，"寻找一棵消失已久的植物需要的是头脑清醒、富有战略思维、能自信地跟雨林之国统治者展开讨论的人——换句话说，就是我这样的人。"

福克丝对哥哥轻蔑地一笑，然后翻开书，打算继续阅读有关雨林之国的内容，可是车厢里的光线突然变暗，铁轨发出了咔嚓咔嚓的声响。灯笼忽闪几下，接着便一个接一个地彻底熄灭了，火车瞬间陷入了黑暗。费博在她对面的长椅上不自在地挪动几下，她惊讶地发现自己内心非常想握住哥哥的手，她想紧紧抓住他不放，想有人来安慰他们，告诉他们不会有事的。然而自尊心和多年累积的嫉妒与厌恶让她没有那样做，福克丝待在原地一动不动，孤单又害怕地盼望着光明重现。

来来往往特快列车轰隆隆地继续前行，隐没在黑暗之中，接着，就在福克丝开始担心他们会永远被困在这条隧道里的时候，火车突然冲进了一片绚丽的色彩当中。

幽暗而神秘的树木在他们身边拔地而起，透过高处树冠之间狭小的缝隙，福克丝能瞥见黑色天鹅绒似的天空，其间点缀着点点星光，然而他们面前的植物却艳丽夺目：有亮蓝色的，触手伸向天空，缓缓地来回摇摆；有紫色的，样子像灯笼，从藤蔓上垂吊下来撒下金色的粉尘；有的花瓣长着银色的尖刺，紧贴在枝条上；绿色的灌木丛里长着灯泡，眼睛似的眨啊眨；还有青绿色的藤蔓，在参天大树之间彼此交错，织成一张冰做的网。

福克丝被眼前的景象震撼，眨了眨眼，这是一座夜光雨林。

树根和藤蔓、灌木和花草交织成一座鲜活而精致、不断活动的迷宫。活动的不仅仅是植物，还有动物。松鼠从色彩鲜亮的灌木丛里伸出长着斑点的鼻子，几只翅膀上镶嵌着宝石的蝴蝶在树丛上方翩翩飞舞，缠在树上的蛇吐出金黄色的舌头，尾巴上长着羽毛的蜥蜴匆匆爬过青绿色的藤蔓，通体银白的猴子在最高的树枝间追逐嬉戏。

火车猛地一个急刹车，车厢里的茶杯、书本、箱子怪四散乱飞，兄妹俩伸长了脖子向窗外张望。

身边的花草树木福克丝和费博一个也不认识，不过他们看见特迪斯·尼构飘下火车，消失在了草木之间，因此他们对有一件事是肯定的：他们已经来到了雨林之国。

第五章
这里是雨林之国

车门猛然打开，扑面而来的喧闹声把福克丝吓了一跳：昆虫嗡嗡叫，树蛙发出金属撞击般的叫声，鸟儿在他们看不见的地方歌声婉转，猴子喘着粗气大声呼啸。

原来这就是丛林的声音啊。福克丝觉得这声音大得令人厌烦。"我想让它们统统闭嘴！这样闹哄哄的根本没法思考。"

费博仍然紧紧地抓着公文包，从车窗向外张望。"至少没有咆哮声。我最讨厌咆哮声了。"

福克丝腾挪着脚步来到门口，努力回忆地理老师讲的有关丛林的内容，好像是说丛林像蛋糕一样是分层的：森林的地面生活的是昆虫、爬行动物和大型走兽；大部分树枝和藤蔓都属于下层木；而树冠层在顶部遮盖了下面的一切，猴子和鸟类通常在那里活动。

"特迪斯·尼构说，只要我们对待丛林客气些，就不会被被吃掉或者踩死了。"费博在她身后小声说道。

"怎样才算客气地对待呢？"福克丝轻声问。

费博耸耸肩："骂它们的时候小声点儿。"

福克丝走下火车，丛林瞬间静止，仿佛知道有外人进入了丛林，接着喧闹声恢复如初，丛林再次恢复了生机。空气温暖而潮湿，福克丝发现身边的花草上挂着刚刚落下的雨滴，闪闪发亮，不由得眨了眨眼。

"是雨。"她低声说道。家乡许久没下雨，她几乎已经忘了雨是什么样子。

皮鞋踏在叶子、草茎和掉落的树枝铺成的地毯上的那一刻，费博皱了皱眉。"看样子这里倒不缺雨水。既然雨林之国负责向我们的世界运送雨水，他们为什么不就——"他顿了顿——"按原计划把这些雨打包运过去呢？"

"也许是他们全都失禁了。"福克丝答道。

"你是想说'失职'吧，"费博带着嘲讽的笑容说道，"'失禁'是另一个意思。"

福克丝没理他，决定把精力集中在眼前的任务上：抢在费博前面找到长生蕨。不过她环顾丛林，心中不禁有些疑惑。在这样狂野、混乱的环境里，她怎样才能找到长生蕨呢？

她开始更加细致地观察周围的事物，这时她才意识到这里的动物多么新奇。一只蜻蜓落在藤条上，手里举着迷你望远镜。一只蜂鸟正在树枝上弹奏微型钢琴。一只树懒在一片巨大的叶子里洗泡泡浴。甚至有只看样子正在为约会做准备的蜘蛛：它打了领结，用花瓣和毛球把蛛网布置得十分精致。

福克丝目瞪口呆地望着这一切。无论她把目光投向何处，似乎都有新鲜事正在发生，丛林仿佛永无止息，费博也惊异地望着周围的一切。兄妹俩对眼前的景象看得入神，没注意到身后发生了什么。福克丝忽然想起了米尔德丽德·安博法尔的那本书：要是她真的想穿越雨林之国，肯定要用到那本书。于是她转身去取书。

"火车呢？"她惊叫起来，"它——它不见了！"

费博倒吸了一口气。"那个不穿衣服的幽灵说的就是这个意思：火车靠丛林液驱动，这说明它想来就来，想走就走……"

兄妹俩向火车来时的那条隧道里面张望。那其实是个被灌木环绕的山洞，洞顶向外突出，伸向丛林，使得整座山洞酷似一张大嘴，尖利的岩石从洞顶倒吊下来，仿佛嘴里的牙齿。此外，假如兄妹俩走近些观察洞口的灌木丛（他们是不会走近的，因为他们不是那种喜欢探险的孩子）就会发现洞口上方还有两个稍小的山洞，被草木掩盖，看上去很像两只眼睛。不过要是你事先不知道雨林之国的一些山洞长得像石头雕成的龙头，那么确实不太容易看出来。

"那……那我们怎么回家呢？"费博结结巴巴地说。

福克丝感到自己的心跳加速了。"假如来来往往特快列车可以随心所欲地离开，那么它很可能也会随心所欲地回来，"她咽了一下口水，"总有一天它会回来的。"

"要是它把那本会说话的书留下就好了，"费博嘟哝着掸掉了几只落在他衣服上的萤火虫，然后对妹妹扬了扬下巴，"看来我们该说再见了。"

福克丝低头躲过一只会飞的松鼠——它身穿粗棉布做的工装裤，从她头顶猛地冲了过去。她看了哥哥一眼，心里琢磨着假如有个盟友跟自己共同完成这个任务，会不会更容易些，也许现在正是她跟哥哥开始合作的好机会……不仅如此，在福克丝看来，有一瞬间的工夫，费博似乎也想说些什么，但他咬了咬嘴唇忍住了。南极的景象涌进福克丝的脑海，与哥哥合作的念头立刻消散得无影无踪。

"我正巴不得甩掉你呢。"她甩出一句话。

福克丝心里清楚，这样一句话说出口之后，就再没什么话好对对方说了，于是她决绝地转身大步走向了树林。

高处传来了一个粗哑响亮的声音："红头发的那个心里盼着拎黑色手提包的那个来找她。拎黑色手提包的那个正努力忍着不哭。"

福克丝愣住了，抬头看看面前的大树。树枝上长着黄色的兰花和火红的苔藓，除此以外似乎空荡荡的。

福克丝偷偷瞥了一眼身后的费博，他也正眯缝着眼睛打量眼前的树。这时说话的动物现身了。在他们头顶上方高处的树枝上停着一只黄色的鹦鹉，它在黄色的兰花之间隐藏得很好，直到它开始扑扇羽毛才被发现，福克丝看见它翅膀下面的羽毛是紫色的。

鹦鹉清了清嗓子。"红头发的那个有些糊涂。拎黑色手提包的那个——"

"——这是公文包！"费博高声说道。

"——心里开始发慌，他发现自己选择的鞋子完全不适合在丛林里穿。"

福克丝转过身，看见费博正把一条虫子从皮鞋的鞋底磕掉。就在她想问一问这究竟是怎么回事的时候，一个小男孩突然从树冠里冲了出来，骑着一辆独轮车在青绿色的藤蔓上保持着平衡，仿佛在走钢丝。

他的年纪比双胞胎小几岁，身上穿的短裤看上去是用树叶拼接成的，马甲则是羽毛做的。他个子不高，漆黑的头发却是乱蓬蓬的一大团，足够几只小鸟在里面舒舒服服地做窝。他的目光炯炯有神，带着八岁孩子特有的那种难以抑制的激动和期待。

"海口！"男孩高声唤道，"你可不要对客人没礼貌哦。"

鹦鹉一脸无辜地歪着头。

"别跟海口一般见识。"男孩一边对双胞胎说话一边下了独轮车，把它靠在树干上。

他蹦蹦跳跳地从树枝间下来，动作敏捷而轻松，仿佛在下楼梯，最后扑通一声落在了福克丝面前。他走近之后，福克丝发现男孩两边耳垂上各有一个雨滴形的文身，除此以外他看上去跟普通男孩没什么区别，这让她松了口气。

男孩激动地继续说道："海口不会模仿人说话，而是能说出任何生物心里所想的事情——这不见得是好事。上个星期它告诉一只黑猩猩，说他的妻子觉得他是个——"

"——自以为是的猪头，从不分担洗涮之类的家务。"海口煞有其事地插话道。

小男孩咯咯地笑了："你差点儿因为这件事被吃掉！"

"我叫易奇·布雷泽，"男孩对双胞胎说，"真不敢相信，竟然是由我来迎接从远方世界来到雨林之国的英雄们！"

福克丝不记得有任何人曾经因为见到她而激动，更不用说把她当作英雄了。这种感觉很不错，她差点儿露出了微笑，但她忽然记起面带微笑、待人友善是不会对自己有任何好处的，于是她立刻换上了自己熟悉的怒气冲冲的表情。

"人们都说活索路最适合俯瞰雨林之国的风景，"易奇继续说道，"可谁能想到，我竟然还能从那里亲眼看见蜡烛树的预言变成现实！"

福克丝抬头望着青绿色的藤蔓，发现它们之间确实有种独特的秩序。它们在树木间曲折蜿蜒，将树木连结成一张巨大的网络，而在远处，在雨林中夜光的映衬下，福克丝依稀看见几十辆独轮车在大树间来往穿梭。

"你们来的时候我正在安全界线之外，早就错过了宵禁时间，因为海口又飞走了——这时我突然听见了龙的咆哮声！"易奇说着指了指来来往往特快列车驶出的山洞，笑着说，"我真不敢相信，你们竟然真的来救我们了！"

费博看了一眼身后的山洞，大步穿过灌木丛跑到妹妹身边。"龙？！"

鹦鹉海口清了清嗓子："拎黑色手提包的那个——"

"是公文包！"费博怒吼道，不小心被一棵倒下的树绊倒，摔了一跤。

"——担心要是丛林里发出咆哮声，他可能会吐。红头发的那个其实暗地里为自己变成英雄感到很激动，却在掩饰着不表现出来。"

福克丝瞪了海口一眼，然后扭头对易奇说："你说的预言是怎么回事？"

小男孩的眼睛闪闪发亮："八年前，就在我出生后几个星期，高巫在蜡烛树的树蜡中读到了一篇预言，现在这里人人都对这篇预言倒背如流，因为它是我们摆脱莫格的最后希望。"易奇深吸了一口气。

　　　　"树木被黑暗笼罩，叹息连连之时，

便是莫格到来，安家落户之日。

她的力量将不断增强，

直到希望变成渺茫的梦想。

侧耳倾听巨龙的怒吼，

远方的客人将向我们伸出援手。"

易奇说完停下来，观察他们的反应，可是双胞胎只是怔怔地盯着他。

"黑暗笼罩、叹息连连的树木指的是雨林之国北边很远的地方，我们把那里叫作白骨之地，"易奇解释道，"自从我出生以来，那片森林就在渐渐消亡，我们雨林之国的国民认为这是由于莫格从她的老家——位于你们的世界和我的世界之间的永暗之地——来到了雨林之国，现在她定居在白骨之地。"

福克丝想了想。既然这个女妖已经在这个王国四处横行，那么也许有必要多了解一些关于她的事，以备万一她在寻找长生蕨的时候遇见她。"这么说你们在雨林之国见过莫格？"她问。

易奇摇摇头："没有，不过我们见过她的密探，我们把它们叫作暗夜怪。人们认为莫格之所以留在白骨之地，是因为她的力量还不足以飞去更远的地方。但她手下的暗夜怪几乎每天都会在日落后到雨林之国来窥探情报。"

费博瞥了一眼树木缝隙之间露出的夜空，然后往伙伴们身边凑近了些。"这么说这些……暗夜怪，现在很可能就在附近？"

"目前还没发出警报，"易奇答道，"所以我们应该是安全的，不过现在的情况早已跟从前不同，魔法王国已经不再安全。"

他看了看福克丝和费博，兄妹俩的表情一片茫然。

"我忘了，你们对我们的世界完全不了解！"他惊呼道，"你知道的，在莫格入侵魔法王国之前这里由一只凤凰统治，它住在一个叫作永暗之地的地方——这是我父母告诉我的。他们说那只凤凰会守护四个魔法王国，把自己的魔法分给它们。每隔五百年，统治魔法王国的凤凰就会死去，一只新的凤凰会从它留下的灰烬里重生，延续魔法王国的魔法。"易奇叹了口气。

"可是上一只统治魔法王国的凤凰死去时，这一切都变了。莫格从凤凰留下的灰烬中跳了出来，现在魔法王国的国民们全都生活在恐惧之中。她最先袭击的是云上之国，现在又来到了雨林之国。自从我有记忆以来，她手下的暗夜怪总会时不时地洗劫雨林。"

福克丝环顾周围的树林、花草和灌木。"它们来抢什么？

花吗?！"

"最开始的几年是来抢我们的雷莓树，"易奇答道，"高巫说，离开永暗之地来到这里几乎耗尽了莫格的全部力量。因此她利用自己最后的一丝法力变出了暗夜怪，然后派它们窃取我们的雷莓，用来恢复她的法力。"

费博不屑地笑笑："你是说莫格只靠吃浆果就能恢复力量?"

站在高处树枝上的鹦鹉海口清了清嗓子，说道："拎公文包的男孩，其实还有红头发的女孩对此都非常怀疑，而现在我们本该回到——"

"——闭嘴，鹦鹉，"福克丝又转身对易奇说道，"把浆果的事情说完，说不定我们在寻宝的过程中用得上这些信息。"

福克丝不确定英雄应该有怎样的行为举止，不过她估计高高在上、不受一只话匣子似的鹦鹉摆布应该是个正确的开端。毕竟做人如果不去践踏别人，就会被人践踏。

海口抖抖羽毛，接着嘟哝道："红头发的女孩对于当英雄有些非常奇怪的想法。"

易奇觉察到海口又要惹麻烦，便接着说道："雷莓跟普通浆果不同。它们在这里是圣物，因为雷莓树是整个雨林之国最有魔力的植物。"

他上前几步走进灌木丛，拨开枝叶，露出一丛已经枯萎的蓝色植物。

"在过去，我们有成千上万株这样的植物——蓝色的灌木上结满了浆果——后来莫格派出暗夜怪在整个王国搜寻，把它们能找到的浆果全部偷走，以便让她把它们的魔力据为己有。雷莓完全是野生的，我们的普通魔咒无法保护他们，而现在，所有的雷莓树都……"说到这里，易奇哽咽了，"死了。"

"可就算几棵树上的破浆果被吃了，那又怎么样？"费博毫不客气地说。

福克丝见到他这副样子松了口气，现在费博恢复了正常，彻底脱离了他熟悉的环境，粗鲁无礼的本性重新显露了出来。

"我们要用这些浆果制成颜料，跟云上之国的雨水混合在一起做成墨水，"易奇答道，"再用这种墨水绘制雨露画卷——我们正是用这些画卷把雨水送到你们的世界——而我们已经八年没有采到足够的浆果了。我这辈子还从没见过新鲜的雷莓！"

福克丝回想起火车上的时钟花。既然她那个世界里的一年大约相当于魔法王国的三十年，那么这里的八年就相当于……她绞尽脑汁地算着，可她的数学一向很糟糕。

不过，巧的是海口再次读懂了她的心思。"红头发的女孩正在努力算数，她也许想知道魔法王国的八年在远方世界相当于三个多月。"

福克丝挪动了一下身体。假如鹦鹉算的数字是正确的，那么这些时间刚好吻合，那正是她的世界里最后一次下雨的时候……

易奇叹了口气："我们原以为所有雷莓都消亡之后它们就不会来洗劫雨林了。可在那之后，莫格又把她的注意力转向了我们这里的动物。过去的几年里，已经有上百只动物失踪，丛林的生机好像被渐渐掏空了！我们推测莫格用了某种办法，利用动物来增强自己的法力。雨林之国每天都离消亡更近一步，每当暗夜怪来抓小动物，它们的黑魔法都会让我们的雨林死去一部分。如今千味果树已经几乎灭绝，河流也快要干涸了——我们眼睁睁地看着我们最重要的食物和水源消失，身边的丛林也在渐渐枯萎！在这片区域以外，雨林已经成了荒地，高巫说我们只剩下几个星期的时间了，到那时这里的魔法就会彻底消退。如果你们不能尽快找到长生蕨，你们的世界和我们的世界都将遭到灭顶之灾，因为魔法王国要想延续下去，就必须把我们的魔法传送到远方世界！"

福克丝心中隐约有些不安。看样子这个魔法王国确实负责往她生活的世界运送雨水，那么假如她能找到长生蕨，她就会成为解决水资源危机的那个人。人们肯定会把她当成英雄！只有到那个时候她的价值才会终于被人看见、受到重视——甚至受到人们的喜爱！想到这里，她的心不禁激动得颤抖起来。不过……她想起了卡斯帕·托克。他也曾拯救过世界，可他现在有什么成就呢？什么都没有，只能整天待在山沟里的一家散发着霉味的古董店里。这就说明假如福克丝放弃原来的计划，把长生蕨里的珍珠种在雨林之国，那么谁都不会知道是她救了大家的命。那对她还有什么益处？

与此同时，费博正用怀疑的目光打量着易奇："既然莫格在这里兴风作浪已经有八年了，为什么没人站出来解决问题呢？"

"我们已经竭尽全力了，"易奇解释道，"高巫在王国内四处巡逻，搜寻莫格的据点，想办法阻止暗夜怪。其他雨林之国的国民则在寻找新的方法制作墨水绘制雨露画卷。飞龙用翅膀撒下月尘，让四个魔法王国中残留的凤凰魔力继续生效。可蜡烛树的预言说得很清楚，只有来自远方世界的人才能找到长生蕨，阻止莫格。"

费博抚平胸前的领带："我想跟这些高巫谈一谈。"

福克丝用胳膊肘把费博挤到一旁。"别管什么高巫了，也别再说什么雷莓和暗夜怪了，我只想多了解一些有关长生蕨的事情：这东西有多大？什么颜色？咬人吗？要是我们先找到长生蕨就彻底不用跟莫格和她的手下打交道了。"

易奇的脸红了。"不好意思，我紧张的时候就会话多，激动的时候也是，高兴的时候也是，伤心的时候也是，吃惊的时候也是，失望的时候也是……"他满脸通红，"我这人就是话多。"

"你不说我们还真没注意。"福克丝嘟哝道。

易奇的神情很失落，福克丝发现自己惹他伤心了，不禁有些过意不去。不过她父母之所以能够成为人上人靠的就是对别人冷嘲热讽，从不在乎后果，因此福克丝猜测，自己既然也要成为一名商人，就该像他们那样。有一瞬间她心里想，不知是否大多数商人都接受过对别人冷嘲热讽的培训才能保证他们的商业成就，因为在践踏别人感受的时候需要注意的事情太多了：语气、用词以及手到底应该放在什么位置。福克丝的选择是把手紧紧地攥成拳头，气呼呼地拄在胯骨两侧。

海口从它休息的树枝上飞落下来，依偎在易奇肩头。

"我早该料到的，英雄人物都喜欢立刻行动。"易奇喃喃地说道。接着他挺直了腰杆。"最好的办法当然是你们首先跟高巫谈一谈。它们能提供你们需要的武器装备，以免你们在寻宝过程中情况失控，然后——"

　　他忽然停下来，恐惧地瞪大了眼睛。倘若福克丝和费博对雨林的了解多一些，他们也会跟易奇一样，发现树蛙不再呱叫，昆虫不再嗡嗡作响，银猴也安静下来。

　　一种异样的宁静笼罩了丛林。

　　"快爬！"易奇大叫一声，"跟我走，往树上爬——现在就走！"

　　双胞胎的习惯是在情况不妙的时候由司机护送着脱身，此刻他们望着易奇拉着枝条往树上爬，看得目瞪口呆。

　　"快走啊！"易奇大声呼唤，"一旦丛林安静下来，就说明危险就在不远的地方！"

　　"什么样的危险？"福克丝大声向树上问，"因为我真的应该动身去找这个长生蕨，然后尽快回家，然后——"

　　丛林里响起打雷般的马蹄声，那声音震得地面不断颤抖，贯穿双耳，震撼筋骨。奔腾的声音越来越响，树上的叶子也随之颤抖。

　　双胞胎连忙扑向易奇爬上的那棵树。

　　"别挡路！"福克丝大喝一声，用力挤开费博，手脚并用爬上了第一根树枝。

　　她的领带钩住了第二根树枝，爬到第三根树枝时，她的外套已经划破了。但她的情况比费博好些，他正大呼小叫地说自己恐高，而且在提着公文包拼命爬树的过程中弄丢了一只鞋。尽管如此，他们还是伸展毫无爬树经验的双腿用最快的速度向树顶爬去。丛林已经行动起来，危险似乎正从四面八方向他们逼近。

第六章
在丛林里要讲礼貌

"爬快点儿！"易奇大声招呼，"树上有多余的独轮车！"

"独轮车？"费博大声说，"我连自行车都不会骑！"

然而易奇早已跨上一辆停在树藤上的独轮车，消失在枝叶之间。福克丝和费博在树上愣住了，与此同时，奔腾的马蹄声越来越响，周围四面八方的植物都缩起花叶，动物也纷纷躲藏起来。向他们奔腾而来的会不会是成群的暗夜怪？易奇是不是打算抛弃这对双胞胎，任由他们被怪物吃掉？

片刻之后，易奇重新出现在他们的视线里，鹦鹉海口站在他肩上。他依旧骑着那辆独轮车，还有两辆独轮车顺从地跟在他身后。

"快!"他大声说道,"这附近有黑魔法,虽然暗夜怪目前只抢走过浆果和动物,但高巫警告过我们,说它们很可能会开始抓人。我们现在处在安全界线之外,防御魔咒在这里不起作用!"

双胞胎慢慢把身体挪到易奇所在的粗树枝上。"只要坐上车座然后说'木角村',独轮车就会把你们带到我的村子,那里很安全。"

费博打量着从树枝到地面的高度,咽了一下口水:"靠什么才能保证我们不会掉下去然后——然后不会摔死呢?"

"靠魔法,"易奇坚定地说,"这些独轮车是用丛林液驱动的,所以你只需要说出自己想去的地方,它们就会走最快的路线把你送到那里!你甚至不需要蹬车!"

奔腾的马蹄声越逼越近,孩子们爬上的那棵树的树叶开始瑟瑟发抖。费博瞪大眼睛,眼神里满是恐惧,横冲直撞地挤开福克丝和易奇:"别挡路!狂奔的怪兽肯定会最先吃掉落在后面的人!"

易奇摇摇头:"等一等!你没明白!那些狂奔的动物其实——"

"是想吃掉整座丛林！"费博把公文包往独轮车前面的车筐里一塞，爬上车尖叫道，"木角村！"然后沿着树藤向树林深处驶去。

福克丝把易奇推到一旁，跨上第二辆独轮车，大声喊出自己的目的地，紧跟在哥哥后面出发了。独轮车载着她沿着青绿色的树藤穿梭前行，在树林中越走越远。

"那些狂奔的动物跟暗夜怪其实没关系！"易奇对双胞胎大声说，"你们听见的声音是游翼兽发出来的！它们跟我们是一伙的，它们之所以成群地狂奔，是因为丛林突然安静下来，它们跟我们一样害怕！"

"不可能！"骑在活索路最前面的费博放声大叫，"谁都不如我害怕！"

福克丝低头望去，看见一群形貌非凡的动物正大步跑过雨林：它们长得像骏马，只是这些骏马的身体两侧长着折起的翅膀，而它们的头是鹰头。

"等我们回到安全界线之内，雨林的树冠层会打开，腾出空间让游翼兽起飞，飞到云层之上，那是它们平时休息的地方！"易奇大声说，"你们看！那是跳跳，跟在它后面的是闪电，长着银色翅膀的好像是亮亮。"

独轮车在月光下沿着树藤匆匆行驶，树冠打开时，游翼兽在他们身边腾空而起，福克丝既害怕又震撼，不由得倒吸了一口气——游翼兽从他们身边飞过，尾巴来回摇摆，身体散发着幽光，翅膀上长满羽毛，尖利的鸟喙高高昂起。接着树冠重新遮蔽了天空，独轮车继续匆匆前行。

"现在我们安全了，防御魔咒可以保护我们，"易奇气喘吁吁地说，"莫格知道在远方世界有几颗凤凰之泪。她肯定是派出了暗夜怪放哨，想把新来到雨林之国的人抓走到白骨之地，刚才丛林陷入寂静肯定就是因为这个，"越往树林深处走，他的声音就变得越轻快，"黑魔法无法穿透我们居住的魔法王国的核心地带，因为这些地方浸染了最古老的魔法，"易奇的眼睛闪闪发光，"凤凰魔法。"

费博壮起胆子勉强转过身看了妹妹一眼："你那颗凤凰之泪还在吗？"

福克丝的脑筋飞速转了几转。她可不想失去自己在这场寻宝竞赛中唯一的优势。"我——"她顿了顿，"把它忘在火车上了。"

"我就知道你会这样。"费博嘟哝道。

独轮车继续行驶，摇摇晃晃地驶过树藤，最后几只游翼兽在他们身后腾空而起，穿过树冠层飞向天空。

"你一开始就应该告诉我们不用害怕那些狂奔的动物。"福克丝回头对易奇大声说。

"我想告诉你们来着，"易奇说道，"可是你们大喊大叫，推来搡去，听不见我说话啊。"

海口站在易奇肩头抖抖羽毛。"易奇很纳闷儿，是不是所有的英雄在寻宝旅途刚开始的时候脾气都这么差，还是只有穿正装来的英雄才会脾气这么差。"

易奇在鹦鹉的鸟喙上敲了一下，立刻接着说道："真遗憾。游翼兽没法亲口告诉你们，它们跟我们是一伙的，不过这个国度里的魔法生物和普通动物都不会说话，我猜只有高巫例外。游翼兽奔跑和飞翔的速度都快得惊人，所以我们雨林之国的国民会按照它们的个性给它们取名字。"

福克丝匆匆回头看了一眼。丛林的地面上只剩下一只游翼兽，它几次尝试起飞，累得气喘吁吁，最后终于腾到了空中，动作却不像其他游翼兽那样优雅——与其说它是飞翔的骏马，不如说它像头长翅膀的驴——它歪歪扭扭地飞了一会儿，终于穿过树冠层消失了。

"我们管那头游翼兽叫歪歪。"易奇解释道。

进入安全界线后，他们看见几十辆独轮车正沿着活索路返回，雨林之国的成年国民穿着跟易奇类似的衣服从四面八方匆匆涌入安全界线之内，全部向着同一处树木密集的地方驶去，三个孩子的独轮车似乎也在往那个方向行驶。这里的树木不如福克丝在界线之外看见的那些树高，但它们更粗壮，粗壮得多。假如它们不这样粗壮，就不可能在树上雕出那些精美的雕花房门、带百叶窗的窗户、螺旋楼梯和突出的阳台。这五十棵空心树就是生活在雨林之国的二百个国民的家园。

"欢迎来到木角村，"易奇说，"我——"

他的话被一阵响亮的低吼声打断，那吼声离他们太近，吓得福克丝和费博向后一仰摔下独轮车，从高处跌向了森林的地面。他们一边往下落一边惊声尖叫，却发现自己落在了一簇长满羽毛的植物上，掉在上面仿佛陷进了床垫。

兄妹俩哆哆嗦嗦地站起身，发现自己面前是个浑身长毛的大块头，牙齿尖利得令人难以置信。它的外表很像黑豹，但它的毛发是金色的。

费博抓住福克丝的胳膊，把她拉到自己面前："先吃她！"

金色豹子的爪子足有饭盘大小，每只爪子上都长着巨大的利甲，它的眼睛幽黑深邃，仿佛一口古井。它眯起眼睛打量着福克丝。

福克丝慌了，指指高处的易奇："也许你也可以先吃他？"

金色豹子张开血盆大口，双胞胎顿时吓得浑身颤抖，不过令他们惊讶的是那头豹子谁也没吃，而是说起话来，柔和的女声裹挟在一阵低吼声中。

"来自远方世界的孩子？"豹子眨眨眼，"对吗？"

双胞胎小步腾挪着向后退，直退到后背紧紧地靠上一棵大树才停下。豹子上前一步走近他们，福克丝感到它滚烫、沉重的呼吸拂过自己的面颊。但那头豹子既没低吼也没亮出獠牙。其实它看上去一点儿也不饿，深邃的大眼睛流露出惊讶和好奇，似乎还带着些许期望。

豹子把头一沉："我是金爪，统治雨林之国的四位高巫之一。我的同僚们正在雨林各处巡视，抵御莫格派出的暗夜怪——亮毛往西，去烈焰山脊；火花往东，去接骨木林；深燧北上，去白骨之地。但我相信我可以代替它们说一句：见到你们非常高兴。"

"好了，我得确认一下，"费博把公文包紧紧地搂在胸前说道，"你喜欢大吼大叫，但是并不打算吃我们，因为这里是你管事？"

"在寻宝旅途刚开始就把英雄吃掉，这不是个好主意，"金爪说道，"那样的行为会让所有人都陷入可怕的局面。"

豹子专注地望着双胞胎，似乎在心中掂量他们究竟是怎样两个孩子。福克丝早已习惯了父母掂量自己——他们的目光总带着品头论足的意味，看上去总有些失望——不过说不清为什么，金爪的目光不大一样，炯炯的目光中充满信任，让福克丝这辈子头一次微微感到自己不再像往常那样一无是处。而且，她再次不由自主地开始想象成为拯救世界的大英雄是什么感觉。不过，她忽然又想起了卡斯帕·托克和他那间逼仄的小店，于是她趁自己还没想得太远，尽快驱散了这个念头。

金爪皱起眉头："我没听见龙啸声，而蜡烛树的预言中说龙啸声才是救星到来的预兆。"

"我听见了！"易奇在活索路上大声说道，"獠牙山洞发出了咆哮声，接着来来往往特快列车喷着蒸汽从里面冲了出来，带来了这两位来自远方世界的英雄，整个场景完全就像一头巨龙在咆哮！"他停下来咬住了嘴唇，"我知道，我越过边界打破了宵禁，我不应该这样做，只是海口又飞走了……而且最终的结果其实很好。"

金爪从双胞胎身上收回注意力，转向了易奇。福克丝感到很惊讶，看她倾听时的样子，仿佛她真的在乎易奇说的话——仿佛易奇这种讨厌的小孩也值得他理会。"就是那只跟着你到处飞、专门替人说心里话的鹦鹉吗？你越过边界就是为了找它？"金爪问。

一直在易奇头发里打盹的海口抖抖羽毛钻了出来，重新站在他肩膀上。它用鸟喙理了理羽毛，环顾四周，正要开口说出金爪内心最深处的想法，易奇忽然打断了它。

"没错，我不能把海口独自留在外面。不过……我真正想说的其实是，就是，也许假如我没有找到这两位英雄，带他们骑着独轮车踏上活索路，说不定他们现在已经在白骨之地了——跟莫格在一起……"

"易奇，你冒着生命危险保护了我们的客人，"金爪说，"在紧要关头，你为魔法王国做了一件大好事——因此，考虑到当时的情况，我原谅你越过安全界线的行为。"

"保护我们？"福克丝不屑地哼了一声，"依我看，慌慌张张地穿过一片树林可算不上保护！"

福克丝瞥了费博一眼，等着他说些同样难听的话来挖苦他们那场大逃亡，但他没说话，只是穿着西装静静地站在原地，看上去弱小而恐惧，而且远不像平常那样气势逼人。看样子似乎是豹子身上的某种气质，令他有了这种可谓彬彬有礼的表现。

金爪的胡子动了动，当它再次跟福克丝说话时，语气中明显带有一丝若有似无的低吼声。"我猜，你想说却没说出口的是：谢谢你，易奇。"

福克丝这辈子从没谢过别人，她只是怔怔地望着金爪，然后又看看易奇。

海口在易奇肩上腾挪了几下脚步："红头发的女孩希望易奇和他那只讨厌的鹦鹉——喂！真是太没礼貌了！——赶快离开，别来烦她。"

金爪侧着头望着福克丝，又回头看了易奇一眼："快回家吧——你父母不知道你的下落，肯定着急了。客人就交给我来接待吧。"

"是英雄。"福克丝纠正道。自从听见易奇用这个词，她已经喜欢上了这个称呼。

"究竟是什么，我们以后自然会知道的。"金爪平静地说。

福克丝隐约觉得心里不太舒服。高巫既没仗势欺人也没对人恶语相向，然而这场对话显然由它主导。金爪的皮毛之下似乎蕴藏着某种她从未见过的力量。

"祝你们好运，"易奇转身离开时对双胞胎说，"很……很高兴遇见你们。"

福克丝给自己定了规矩，绝不在乎别人对她的看法，但她感受得到，仅仅在他们相遇之后这段短暂的时间里易奇对她和费博的信心就已经减弱了不少。这让她有些恼火，因为偶尔有人对自己抱有信心这种感觉很不错。她望着易奇爬下独轮车，抓住树枝摇来荡去地下了树，蹦蹦跳跳地钻进灌木丛跑远了。别人对她的喜爱只持续了一小会儿，她不禁有些失落。

福克丝扭头望向金爪，撞上了两只写着责备的黑眼睛。

"这话我只说一遍：要讲礼貌，尤其是在丛林里。要是你从火爆树身边经过时忘了说'借过'，很有可能会被它打死。要是你请哼哼白帮忙却没有说'请'，很有可能会被它的尖角刺穿心脏。还有，要是你忘了对帮助过自己的雨林之国的国民说'谢谢'，等你下次遇到麻烦的时候他们很可能不会再帮你了。"

福克丝扭头看了费博一眼，以为他会说些什么，却发现哥哥只是顺从地听着。福克丝猜测他准是从活索路上掉下来吓着了，还没回过神来，不过她可不会仅仅因为摔了一跤就放弃自己的派头。

她决定换上最公事公办的语气，接着朝金爪的方向瞪了一眼，但她立刻后悔了，因为瞪了这一眼害得她眼睛直打颤。

"你们跟我预想中的英雄完全不同。"豹子说。然后它顿了顿，继续说道："不过，话说回来，当时卡斯帕·托克也其貌不扬，而他挽救了所有魔法王国和远方世界，使它们免遭厄运。所以，为了所有人的利益着想，但愿你们在第一印象的基础上能够有进步。"

金爪说完迈开了步伐，它巨大的脚爪轻柔而安静，灵巧地踏花前行，走过散发出蓝色幽光的吊钟花丛和闪着金光的紫色花丛。双胞胎跟在它身后，边走边低声拌嘴，木角村被他们抛在身后渐行渐远。

"请你们报上姓名，"金爪说，"我们的时间不多。"

费博挤开福克丝抢上前跟高巫并肩前行，寻宝之旅即将正式开始，福克丝感受得到他心里重新燃起了使命感。

"我叫费博·佩迪－斯阔布，"他说道，"双胞胎当中头脑聪明、有条理、最后会找到长生蕨的那一个，"他用大拇指往妹妹的方向一指，"那是我妹妹福克丝，我也不知道她跑到这儿来干什么。"

福克丝小心翼翼地绕过一株长满刺的红色植物，瞪了费博一眼。"闭嘴，费博。明明是我更有可能找到长生蕨。你整天只知道——"

"你们必须合作寻找长生蕨，"金爪神情威严地说，"若你们两个联手，战胜莫格和她的暗夜怪的机会就大得多。"

兄妹俩交换了一个惊骇的表情。

"这些暗夜怪是什么东西？"福克丝问，"我们要战胜的究竟是什么？"

树蛙那敲击金属般的呱叫声响彻整座丛林，金爪带领他们走进一条灌木构成的隧道，树丛在他们头顶彼此交叠，隧道里开着星星点点的夜光花朵。

"是猴子。"金爪说。

费博眨眨眼睛："猴子？"

金爪发出一声低吼，隧道里的花朵随之颤抖。"莫格的猴子是一种特殊的生物，它们体内充满黑暗力量，当它们靠近时，整座丛林都会陷入恐惧，变得寂静无声。"

福克丝皱起眉头："这么说你见过这些猴子？"

豹子点点头。"见过，并且伤过它们。但我们似乎无法将它们杀死。它们每次突袭之后会返回白骨之地，等它们再次回来时，就会变得跟从前同样强壮。记住我说的话，这些猴子不是普通的猴子，它们之所以能存活，靠的是最黑暗的黑魔法。"

福克丝扬起一边眉毛，跟随金爪穿过隧道。说真的，一只猴子能有多危险呢？

可是，假如福克丝看见了在这一刻发生在木角村的事；看见随着莫格的力量越来越强，成群结队的黑影冲破了凤凰的防御魔咒，首次迫近雨林之国的中心；看见易奇还没回到家就被暗夜怪抓走；看见它们堵住易奇的嘴将他五花大绑抓去白骨之地，恐怕福克丝说起这些黑魔法创造出的猴子时就不会如此轻描淡写了。

第七章

烛光引路图拉着我

金爪在幽光闪烁的隧道里越走越远，直到隧道逐渐变宽，尽头出现了一片广阔的环礁湖，面前青绿色的湖水流光闪烁。树木环抱着湖水，树枝上长着成排摇曳的蜡烛，烛蜡不时滴落，福克丝暗自琢磨这会不会就是向雨林之国的国民做出预言的那些树。

湖上有座桥，由藤蔓编织而成，跨越环礁湖面，通往一座华美的神殿，神殿正面有座阶梯，上面溅满斑斓的颜料，两侧有石像守卫，看样子似乎是两只独角兽。环礁湖的另一侧有座瀑布，隆隆的水声飘入夜色，瀑布旁边长着一棵巨树，树上满是形状、大小各异的窗户，粗粗的管道从树上通向瀑布，门口上方的树干上刻着几个大字：匆匆巨树。

"这里是涂绘员避风港，"金爪告诉两个孩子，"这片环礁湖原本是整个雨林之国最繁忙的地方，我们就在这里制作墨水、绘制雨露画卷。采集员从丛林里采回雷莓，挎包塞得满满当当，这些浆果跟奇迹——飞龙为我们送来在云上之国采到的最纯净的雨滴——交给制墨员制作墨水。最后墨水就通过这些管道汇入瀑布，流进湖里。之后涂绘员会把它们装进罐子，用它们在通往神殿的阶梯上绘制雨露画卷。"

金爪忧伤地笑笑："真希望你们有机会看一看涂绘员画架上的雨露画卷。那是隐藏在你们雨水背后的魔法。那些画作壮丽非凡，谁看见了都会忍不住倒吸一口气。"

"几幅画能有那么大的力量？"费博低声嘟哝道。

金爪点点头："每天日出时，飞龙会把雨露画卷跟黎明之国的阳光画卷和银崖之国的白雪画卷一起运往你们的世界，这样你们就有了一整天的天气，"它顿了顿，"或者说，至少在莫格来到雨林之国之前是这样的。"

福克丝瞥了费博一眼。他正带着敬畏的神情听豹子讲话。正如福克丝先前察觉的那样，他深藏在心底的那种坚硬的情绪开始渐渐融化，尽管时不时还会显现出一些迹象（在他害怕、担心或者被福克丝惹生气的时候，毕竟从出生起就把某个人当成对手看待，这种观念很难改变），但费博的性格已经变得更加柔和。而这个变化的原因在于他守着一个秘密。

这一切的开始都是由于他的老师斯奎宝太太，她在上个学期发现了他身上的某种别人未曾注意到的潜质。倘若一个孩子从出生起就被父母以及几乎世界上的每个人漠视，那么当他终于被人注意到的时候，他往往会表现出与平常迥然不同的一面。假如费博是在跟斯奎宝太太补课之前听到金爪这番话，他肯定会嗤之以鼻，然而斯奎宝太太发现了费博隐藏的才华，并且用心培养他，通过这些努力，她也教会了他用另一种方式看待世界。渐渐地，费博的舌头不再那样尖利，内心也不再长满荆棘。可是当他在火车上听说长生蕨，看见妹妹脸上那坚定的神情时，一种熟悉的恐慌情绪在他心里发了芽。如果福克丝为父母献上一株能让人长生不老的植物，保证能让他们赚上几百万，被送走的孩子将会是他。因此费博跟妹妹一样，认定了自己唯一的出路就是找到长生蕨。

而现在，他置身于涂绘员避风港，面对威严的高巫，惊异的感觉充斥了他的内心。他突然意识到，寻找长生蕨不仅仅是打败福克丝、让父母对自己刮目相看那么简单，而是事关挽救雨林之国和远方世界以及所有住在那里的人。除此以外，在他内心深处，他觉得也许这跟挽救兄妹情也有一定的关系——补救一段此前费博已经基本放弃的亲情。也许就像金爪告诉他们的那样，这是个跟妹妹合作、而不是竞争的机会，等到这场历险结束，他们将会是朋友，而不是对手。

与此同时，福克丝却没想这么多。高巫说的话令她很不耐烦。"我在家从没见过这些魔法雨露画卷，也没见过什么阳光画卷、白雪画卷，"她毫不客气说，"光站在这里说话长生蕨可不会出现。我需要的是武器和地图，"她的肚子咕噜噜响了几声，"还有晚饭。"

她哼了一声。看来做个遇事有计划的商人还挺累的，她提醒自己要在这场探险中多吃些东西。在挺括宾馆吃午饭似乎已经是很久以前的事了。

福克丝想到了父母，以及当她拿着一株能让人长生不老、拯救家族财富的植物跑回宾馆时他们脸上的表情。她努力想象着那个场景。要是她能站在讲台后面发布新闻，肯定很不错。也许可以找来一支管弦乐队演奏喜气洋洋的背景音乐——福克丝估摸着假如你是个未来的亿万富翁，雇几名乐手应该很容易。

此外还有父母对待她的方式，也许他们会拉着她的手走在街上，或者为她读睡前故事，甚至可能记得她的生日。想到这些可能，福克丝的心胀鼓鼓的。

然而金爪平和而有力的声音说出的话跟晚饭毫无关系，把福克丝猛地拉回了现实。"你之所以从没见过雨露画卷，是因为魔法到来时从不会大张旗鼓。它静悄悄地来，既不吵闹也不引人注意。飞龙把画卷留在你们的世界里最不为人注意的地方——幽深的山洞、山峦的崖缝、大树顶端——它们转瞬即逝，你们毫不知情，却获得了你们的世界赖以生存的天气。"

高巫大步走向附近的一棵树，在它面前停下脚步张开了嘴。福克丝看见它雪白的尖牙不禁一畏缩，但豹子只是向树皮呼出一口气，口中喷出金色的雾气。

大树脚下出现了一只挎包。福克丝眨眨眼，它一直放在那里，被草叶掩盖了吗？还是高巫凭空变出了它？

"这个王国里最了不起的探险家都曾试图寻找长生蕨——都失败了，"金爪说，"我试过，其他三头高巫也试过，但我们也都失败了。再后来，预言告诉我们只有来自远方的人才能查到长生蕨的下落，你们的到来让我认定预言说的就是你们两个。但你们要想存活下去，就必须听我的话。"

豹子后腿蹲坐下来，大尾巴绕在身侧，直视双胞胎的双眼。"不要迷路，不要上当受骗，吃下去的每样东西都要留神。"

它又呼出一些金色的雾气，落在双胞胎身上，福克丝不禁打了个喷嚏，雾气不一会儿便完全消失了。"这能够保护你们不被晒伤、不被刺甲虫咬伤，"金爪说，"这个挎包里的东西则能帮助你们应对其他一切状况。"

福克丝打量着那个皱巴巴的皮包："怎么只有一个包？我们有两个人。"

"我说过，"金爪答道，"你们必须合作寻宝。"

福克丝瞪了费博一眼，一把抓起了挎包。她解开卡扣，倒出包里的东西查看：一张空白羊皮纸、一面小镜子还有——最令人失望的东西———一把勺子。

"你打算派我们进丛林，却只给我们一把勺子当武器？！"她大声质问。

费博站在她身边，神情也越发不安起来。"怎么没有长矛之类的东西呢？还有地图？"

"这张羊皮纸就是地图，"金爪答道，"它叫烛光引路图，它的稀有程度无法用语言描述。高巫和国民们无法在四个魔法王国之间穿梭往来，但雨林之国、云上之国、黎明之国和银崖之国的统治者们可以通过镶了魔镜的戒指彼此沟通，至于这张地图，我很确定它是所有魔法王国里仅存的唯一一张烛光引路图。"

福克丝拿起地图，不由得吃了一惊，因为纸面上忽然闪过一道奇异的银光，但是上面并没有显示出地图或文字。

"把你要去的地方告诉烛光引路图，"金爪说，"假如你直接问它莫格的老巢或者长生蕨在什么地方，它是不会告诉你的，但这可能是因为以前问它这些问题的人都不是正确的那个人……"

福克丝感到一阵激动传遍全身，不由得一激灵。

"那这面镜子呢？"费博把镜子拿在手里翻来覆去地查看，问道，"它有什么用？"

"丛林里充满了各种假象，"金爪答道，"其中的魔法生物、动植物之所以能够活下来，就是因为它们都是伪装大师：它们可以隐藏在醒目的地方而不被发现；可以在你眼皮底下隐身；可以消失得无影无踪。不过，有了这把画皮镜，你们也能与它们抗衡。只要举起镜子对着周围的景物，你的皮肤、头发和衣服就会变得与身边的环境一致：你的耳朵也许会变得像一片树叶，鼻子像一截树枝，衣服变得像树干。不过要记住，画皮镜的魔力只能持续几分钟，在它的魔力彻底消失之前，你们只能使用一次——因此只能在紧要关头使用。"

福克丝半信半疑地打量着镜子，嘀咕了一句："我要亲眼看见才会相信。"

"最后还有鉴物勺，"金爪说，"把它放在一株植物上方，勺头里就会显示出关于那株植物的详细信息：它的名字、特性、究竟是食物还是毒药，"它顿了顿，望着福克丝说，"不过你必须对它说'拜托你了'它才会生效。好好保管这些东西，然后——"

豹子的耳朵向后一摆，朝向隧道的方向，接着快速站起身，毛发竖立。

费博猛地转过身："怎——怎么了？"

隧道里传来脚步声，接着冲出来一个雨林之国的国民——是个男人，乱蓬蓬的络腮胡里插着树叶，耳朵上带有雨滴文身，脸上写满恐惧。"是易奇，"他上气不接下气地说，"他不见了！"

"不见了？"金爪一声低吼，"我明明让他回家去，眼看着他往木角村的方向走了。"

络腮胡摇摇头："他没回家。现在他父母正在满木角村地找他，不过——"他垂下目光，"在他家附近有猴子留下的踪迹，看样子不像银猴的脚印。这些脚印更大，指甲尖尖的，像是长着利爪。而且脚印朝向北方，白骨之地的方向……"

金爪在湖畔来回踱步。"我们一直担心莫格最终会把注意力投向雨林之国的国民，从他们身上窃取比雷莓和动物更多的魔法。看来这可怕的一天终于来了。唉，可怜的易奇！他肯定害怕极了，而且这事居然发生在我守卫的时候。莫格手下的暗夜怪既然能打破凤凰的防御魔咒，闯进雨林之国中心地带，"它说着摇摇头，"这说明那个女妖的力量即将达到顶峰。她很快就会离开白骨之地，也就是说我们距离雨林之国陷落已经不是剩下几个星期，而是只剩下几天了！"

在那一刻，福克丝忽然感到一丝愧疚，正是因为她和费博易奇才会回家晚。但这时她忽然想起同情别人是懦弱的表现，于是她努力遏制住内心的感受。

络腮胡上前一步凑近金爪。"你之前说深燧在白骨之地，它能找到易奇，带他回家，是不是？"

金爪垂下头。"我已经一个月没有深燧的消息了。"

络腮胡的脸色变得煞白。

"不过，这并不代表它已经离我们而去，"金爪急忙补充道，"也许深燧找到了莫格的老巢，正在制订计划占领那里。这个时候联系我们太冒险了。"

福克丝头一次在高巫的声音里听出了恐惧和不安，这不禁让她往哥哥身边凑近了些。

"我会让萤火虫给在接骨木林的火花送信，叫它严加巡视愚人谷。我们必须赶在莫格手下的暗夜怪越过那道沟壑之前把易奇救回来。"

金爪转身对双胞胎说："我得留在这里，施展我所知道的最强有力的魔咒，再次为雨林之国的国民巩固住防线。你们必须立刻动身。既然莫格的力量已经接近顶峰，那么她离找到长生蕨已经不远了。你们必须抢在她之前找到它，把珍珠种在地里，这样莫格就永远无法再伤害雨林之国了。若是被她抢先吞下珍珠，把长生蕨永生的魔力据为己有，远方世界就会灭亡，我们的魔法王国也会随之灭亡。到那时，莫格就会偷走魔法王国的全部魔法，用它们创造出适合她生存的新世界。"

"对，对，确实挺惨的，"福克丝说，"不过我们到哪儿才能找到寻宝用的鞋子和换洗衣服呢？我的西装外套已经不成样子了。"

金爪难以置信地摇摇头，不过它现在显然没时间管教没礼貌的小孩。"你们在匆匆巨树里就能找到鞋子、衣服和饮用水，"

说完，它纵身向隧道奔去，络腮胡紧跟在它身后，"快去吧！"它回头高声说道，"一刻也不能再耽误了！"

双胞胎绕过湖泊，来到匆匆巨树跟前，走进中空的树干，宽敞的走廊里点着数十盏雨滴形的灯笼，他们换上了挂在钩子上的衣服。费博穿上了叶子拼成的短裤和一件羽毛马甲。福克丝选了一件羽毛短袍，但她仍然系着领带，因为这让她感觉自己更有策略，更像办正事的样子（这副样子十分古怪，后来双胞胎找到两双软皮靴，穿上之后的样子就更古怪了）。他们往走廊两侧的房间里简略地扫了一眼，里面都是巨大的坩埚、弯弯曲曲的管道和通往树顶的螺旋楼梯，然后他们拿起两瓶水，走出了巨树。

福克丝把烛光引路图铺在湖边跪下来查看。瀑布水声咆哮，羊皮纸在蜡烛树的映照下闪过一道银光，此前费博总忍不住把目光投向湖中心的神殿，此刻就连他也急切地盯着地图。

"长生蕨在哪里？"福克丝低声对那张羊皮纸说。

起初什么也没发生。地图只是继续在夜色中闪着银光。

"我就知道不该相信那头疯疯癫癫的豹子。"福克丝嘟哝道。

她心里琢磨着现在是否应该把凤凰之泪拿出来，看它能否引导他们找到长生蕨。但这时地图闪了几下，魔法生效，银色的花体字出现在羊皮纸上。

先找到"气鼓鼓"

费博眉头紧锁:"'气鼓鼓'是谁?是什么东西?连地址都不给算什么地图啊?"

福克丝用手指使劲戳了地图一下,心想要是让地图明白现在是她说了算,也许能得到更多的信息,可纸上既没出现新的字迹也没出现新的地名。直到福克丝拿起地图之后,她才意识到烛光引路图的魔力远远没有结束。

"哎呀!"她向前一趔趄,惊声说道,"这张地图是活的!它——它拉着我往前走呢!"

费博难以置信地摇摇头。"烛光'引路'图,"他抚摸着地图自言自语道,"也许这张地图就是要用这种方式把我们'引'到正确的地方!"

费博本能地伸手去抓地图。多年来他一直想抢在妹妹前面,尽管他心里清楚现在这些事已经不再重要,但这个习惯仍然很难改。福克丝伸手去抢地图,费博深吸了一口气,他想起了金爪说的那番话,要他与妹妹合作,于是他颇不情愿地让福克丝把地图从自己手里抢走了。

"我来带路。"福克丝毫不客气地说。说完,她腾出一只手把挎包背在肩上,由引路图拉着向流进湖中的瀑布走去。

费博紧跟在她身后,手里还提着公文包。

"你真的打算拎着那个公文包走遍整座丛林?"福克丝回头大声说。

费博再次看了一眼涂绘员的神庙,福克丝随着他的目光望去。那座建筑究竟有什么特别之处,竟让她哥哥这样着迷?

"你同意也好不同意也罢,这个公文包我必须带着,"费博气喘吁吁地说,"我为这里面的东西花了太多时间,不可能把它扔掉。"

福克丝顾不上对包里的东西好奇,因为引路图正拉着她钻进一道位于岩壁和雷鸣般轰响的水幕之间的缝隙。不一会儿,她和费博就在瀑布背后奔跑起来,隆隆的水声敲击着他们的耳朵。

福克丝原以为瀑布背后会是一片漆黑,然而在他们头顶、水流冲下瀑布的岩架散发着一种奇异的柔光。福克丝眯起眼睛观察,只见岩架上吊着上百只小蝙蝠。她以前见过蝙蝠——黑漆漆的,翅膀支棱着,叫声尖利刺耳,匆匆飞出大教堂的废墟——然而这些蝙蝠通体洁白,仿佛一只只小灯泡,安静而专注地吊在双胞胎头顶的岩架上,望着引路图带领他们走过。

眼前的景象太神奇,福克丝和费博忍不住交换了一个简短而充满惊异的眼神。在那个瞬间,兄妹俩都把竞争的事抛到了脑后,专注于此时此刻,在一张魔法地图的带领下穿过上千只发光蝙蝠发出的柔光,去寻找就连这个王国里最了不起的探险家和统治者都没找到的长生蕨。

福克丝想到引路图选中的是自己,不由得感到一阵激动。做个独一无二的人——受到特别对待、被选中——这让她有一小会儿的工夫忘记了自己不受宠爱的现实。

双胞胎蹦蹦跳跳地走出瀑布,走进了枝叶虬结的灌木丛,发现面前一根低矮的树枝上站着一只黄色的鹦鹉。他们立刻认出那是鹦鹉海口,因为它刚看见费博的公文包就立刻开始嘟哝起有关手提包的事情来。

"让开!"费博对那只鹦鹉发出嘘声,"我们可有重要任务在身。"

可是海口仍站在原地,低处的夜光植物照亮了它黄色的羽毛。

福克丝怒气冲冲地望着那只鸟。她见到它便想起了易奇,心中不禁有些愧疚，但她立刻驱散了这种想法。"走开，海口！"她厉声说道。

海口亮晶晶的眼睛紧盯着兄妹俩。"那个女孩和那个男孩有一点点内疚，因为我的好伙伴易奇失踪了。"

"闭嘴，羽毛怪。"福克丝向它嚷道。

海口不服气地嘎嘎叫了几声，不过烛光引路图似乎没时间闲聊，它拉着福克丝继续往前走。先是经过了一株橘黄色的植物，花瓣长得像蚌壳，福克丝贴着它走过时蚌壳突然猛然弹开，吐出了几只原本在蚌壳里睡觉的斑点青蛙。费博快步跟上福克丝，海口也跟了上去。

福克丝回头看了一眼。"那只鹦鹉可不许跟着来。"

费博点点头："我宁愿跟莫格面对面也不想再跟那只鸟打交道了。"

然而海口心里抱着一个渺茫的希望，那就是双胞胎在寻找长生蕨的时候也许能顺便找到易奇，因此它下定决心一定要跟着他们。

第八章
食用瞌睡果有风险

福克丝在烛光引路图的带领下走进了丛林。起初，周围的树木跟她在雨林纪录片中看到的一模一样：有常青树、香蕉树、寄生无花果树和参天的雪松。唯一明显的区别是在这座丛林灌木层的高处，树木之间有活索路相连。福克丝望着青绿色的藤蔓在树木间彼此交错，编织成一张巨网，把每棵大树编入其中，在枝叶纠结的雨林中编出一条空中道路。然而这里没有匆匆来往的独轮车，福克丝很难想象数不清的采集者挎包里装满雷莓、在这里沿着藤蔓行色匆匆会是怎样一番景象。

很快树木便有了变化，兄妹俩越往前走周围的树木就越是奇特、狂野。有棵树上长的不是叶子,而是上百张白纸。另一棵树在最高的树枝上长出了一只袜子。它旁边的树上长着银色的小花苞,福克丝发现那其实是银色的糖纸,双胞胎拆开了好几颗才发现里面并没有糖果。

海口在两个孩子头顶盘旋。"那个女孩和那个男孩都被接骨木林里的树木搞糊涂了,不过海口早就习惯了这些令人失望的景象。以前故事树的叶子上写满了未发表的故事,现在却一片空白。以前失物树上长满各种各样的东西,从单只的袜子到门钥匙再到老花镜应有尽有,如今每年只能长出一件被人遗落的东西。至于狼吞虎咽树,现在要央求它几个小时才能结出糖果。放在几年前,只要你从它身边经过,树上就会像下雨那样掉下许多太妃糖。"

越过安全界线之后,福克丝注意到周围的景物变得更加险恶了。在他们周围的树丛之外,大片广袤的雨林已经被夷平,花草和灌木丛仿佛被火烧过,倒伏在地面。费博也注意到了焦黑的灌木丛,兄妹俩交换了一个紧张的眼神。既然莫格的黑魔法到过这里,谁又能确定她手下的暗夜怪会不会还在这里寻找他们兄妹呢?

鹦鹉在两个孩子头顶拍着翅膀。"海口好想念易奇啊。毕竟在几个月前，是易奇在接骨木林里发现了海口。海口被莫格的暗夜怪袭击之后昏迷，是他照顾海口康复的。"

费博叹了口气。"没想到这只鹦鹉不仅能说出别人的心思，还能说出自己的心思。"

海口自豪地抖抖尾巴上的羽毛。"自从遇见暗夜怪之后，海口就不再嘎嘎叫，而是开始解读别人的心思，现在它能读出各种生物的心思，雨林之国的国民、动物、魔法生物，还有，看样子——"她瞪了双胞胎一眼——"来自远方世界的没礼貌小孩也可以。海口唯一读不出的是高巫的心思，还有被黑魔法扭曲的心思。"

鹦鹉向福克丝飞落下来。"海口又累又紧张，它想落在那个气呼呼的女孩肩膀上休息一会儿。是那个女孩害得易奇被绑架，她至少也该这样补偿一下……"

福克丝忙把海口赶走："肩膀是用来撞人的，不是用来给鸟休息的。还有，我的名字叫福克丝，他是费博，所以你别再叽叽喳喳地说什么生气、手提包了。"

海口扑扑翅膀向高处飞去，接着欲言又止地说："前面那棵火爆树正在琢磨应该先揍你们两个当中的哪一个。海口不怪它。"

福克丝竖起了耳朵。火爆树？金爪是不是说过跟它们打交道的注意事项？

引路图带着她向大树越走越近，高高的树上长着带刺的粗树枝，弧形的树枝仿佛随时准备俯冲下来。那树的样子有点像比可赖宅邸附近公园里的智利南洋杉，只是虽然周围没刮风，但这棵树好像在微微发抖，似乎比普通的树多了一丝生气。

福克丝远远地避开第一根树枝，就在这时——呼！高处有根长满刺的树枝伸展开，向她猛挥过来，若不是她及时向身侧跨步躲开，只怕头上早已挨了一记重击。

海口嘎嘎叫起来，在福克丝听来倒像是在哈哈大笑。"火爆树觉得有必要表达自己的心情。它不喜欢这种不礼貌的行为。"

"闭嘴！"福克丝大喝一声，与此同时，火爆树的树枝劈头盖脸地从四面八方向她挥来，双胞胎很快便被尖刺团团围住，动弹不得。

火爆树已经将他们牢牢围住，用不了多久它就会发出致命一击，把他们彻底打倒。费博趴在地上，听见两根树枝重重地打在他身体两侧。福克丝则在努力回忆金爪说过哪些有关火爆树的话。

"费博！"她气喘吁吁地说，"我们必须对这棵树说句话它才会放我们过去！要说有礼貌的话，只是我想不起来是什么话了！"树枝哗啦一声砸下来打在她身边，泥土和树叶四处飞溅，吓得她尖叫起来，"从别人身边过去的时候应该说什么啊？闪开？让开？"

火爆树既没闪开也没让开，反而越打越起劲。

这时费博跌跌撞撞地站起身高声叫道："借过！"火爆树的树枝停顿了一下。

福克丝随即也明白了，放开喉咙大喊："借过！借过！借过！"

这个词说起来感觉很陌生，似乎不适合她的嘴，但她和费博还是一遍又一遍不停地说着，因为火爆树已经渐渐收回了枝条，仿佛退潮的大海，最后它终于静静地立在原地，仿佛刚才险些将孩子们击倒的根本不是它。

兄妹俩小心翼翼地从它身边走过，大树忽然又放下了一根树枝，吓得福克丝倒吸了一口气。不过这一次它并没打算打他们，而是轻轻地拍了拍费博的后背，然后恢复了原来的样子。

福克丝在那根树枝底下停留了片刻，心想它也许会垂下来拍拍自己，但树枝待在原位一动也不动。毕竟想起那句"借过"的人是费博，而不是她。有一瞬间的工夫，一种熟悉的嫉妒感烧灼着福克丝的心，但她很快便安慰自己，优秀的商人才不会浪费时间等着别人拥抱自己呢，他们只会勇往直前，把别人踩在脚下向顶峰攀登。

费博看了福克丝一眼，福克丝以为他会得意扬扬地嘲讽自己，但他完全换了一种神情，哈哈大笑起来。"好险啊，是不是？要是我们刚开始寻宝就被一棵火爆树给打扁了，恐怕金爪会不满意的。"

福克丝不确定应该如何回应这句话，便哼了一声。这时烛光引路图又扯了扯她，于是兄妹俩不再闲聊，加快了脚步继续前行。海口在头顶跟着他们飞，这一次，福克丝和费博谁都没有对鹦鹉大呼小叫。海口说出了火爆树的心思，由此提醒了福克丝回忆金爪说过的话。也许只要兄妹俩控制住自己，不掐死这只鹦鹉，在以后的旅途中他们就可以把它当作寻宝的向导。

他们一路前行，穿过接骨木林，每经过一片干枯的河床、焦黑的雨林或者一棵无精打采的树木，海口都会忍不住抽泣：为雨林之国带来生机的凤凰魔法如今正在渐渐消逝，而造成这种局面的罪魁祸首又把易奇抓走了。但福克丝丝毫不去理会鹦鹉的哭声，而是集中精力用最快的速度往前走。她在这个阴森森的地方一分钟也不想多待。不过，走了一阵之后她放慢了速度。她走得岔了气，气喘吁吁，而且她知道，要是自己再不吃东西，很快就会一头栽倒昏过去。她抬头望着树木间的狭小缝隙，想瞥见幽暗的夜空。要是他们不能马上到达"气鼓鼓"，就必须着手找地方过夜了。

渐渐地，引路图不再用力拉着福克丝，而是在一棵大树下彻底停了下来，树枝上结满果实，它们的大小和形状像苹果，却是李子的颜色。福克丝从包里拿出鉴物勺，（在海口的提醒下）说了声"拜托你了"，然后把勺子放在一只紫色的水果上方。勺头里渐渐出现了几行字：

名称：千味果树

特点：安全、可靠、能饱腹

食用千味果的风险：无风险

福克丝伸手刚想摘果子，费博突然脱口而出："你知道的，我一向怕高，但现在我们应该爬上这棵树，骑着那些独轮车到活索路上去——现在就走。"

福克丝抬眼一看，发现她的注意力都在水果上，没发现烛光引路图已经带他们找到了交通工具。她看了费博一眼。"为什么？你看见什么了？"

"一群箱子怪——"他指着远处说道，"我不确定我们穿着这些软皮靴能不能跑得比它们更快。"

福克丝想起了火车上的那只箱子怪，想起特迪斯·尼构说它们的牙齿能咬穿石头，想必它们咬穿十一岁小孩的身体也不在话下。"你觉得它们发现我们了吗？"

费博摇摇头。"看样子它们正在专心地做着什么。"

福克丝伸长脖子张望，但是哥哥的个子比她高，看得也更清楚。"它们在干什么？"

费博打了个冷战。"在啃树，"他瞥了一眼福克丝手中的鉴物勺，"我们爬到树上再吃东西。别磨蹭了。我们走。"

他抬起手臂想把福克丝挤到旁边，却似乎忽然决定不这样做，尽管附近的箱子怪显然令他非常害怕，他还是决定自己后爬上树。

福克丝上了树，同时瞪大眼睛提防着莫格手下那些可怕的猴子。尽管她没有回应费博，但她不禁注意到，听他现在说话的口吻，仿佛他和福克丝在这场寻宝之旅中是一伙的。她猜测，假如他们没有遇到金爪，费博肯定会飞快地爬上树，根本不会提醒她附近有箱子怪。看样子他似乎接受了豹子的忠告，决定与她合作……不过，他之所以这样做，很可能是因为他明白，面对丛林中的威胁，与另一个人合作会更容易存活。福克丝敢肯定，一旦他们远远看见长生蕨的影子，哥哥就会想办法甩掉她，因此她决不能放松警惕。

树顶的活索路上停着两辆独轮车，海口扑扑翅膀落在其中一辆车的车座上，不一会儿，双胞胎也爬上树来到了它身边。"福克丝心里在想，最成功的女商人的工作内容究竟包不包括爬树，"海口咂咂嘴，"而费博在琢磨他和福克丝是不是有可能成为——"

"别说了，海口。"费博满脸通红，打断了它的话。

不过福克丝既没听见鹦鹉说的话，也没听见她哥哥说的话，她正在全神贯注地找吃的。她挥起鉴物勺，很快便得知缠绕在她身边树枝上的这些藤蔓结出的果实虽然很像葡萄，却不能吃：

名　称：痒痒藤

特点：狡猾、隐秘

食用痒痒果的风险：耳垂发痒，且 33 分钟后必

死无疑

于是她转而摘下了一颗千味果，咬了一口。福克丝并没考虑那只果子是什么味道，她只知道自己饿得要命。没想到那颗果子比佩迪－斯阔布家的私人厨师龙须福太太做过的任何食物都更美味。更不寻常的是，开头那几口不是甜的，而是咸味的，吃起来就像在咀嚼温热多汁的美味汉堡包，上面还加了培根和奶酪。福克丝继续吃，果子快吃完的时候竟然变成了福克丝最喜欢的甜品——太妃糖香蕉派的味道！她一口接一口地吞吃饼干碎、太妃糖、香蕉和奶油味的千味果。

费博也在狼吞虎咽。福克丝不禁好奇他的千味果是什么味道，是跟自己的一样还是费博最喜欢吃的口味。不过她放不下面子去问。这样其实很可惜，因为只要她向费博那边看一眼，就会发现他其实正在不断地努力捕捉她的眼神，也许他也很想问她同样的问题，却因为紧张而不愿意先开口。

双胞胎吃完饭后，引路图又催促着福克丝走向独轮车。她爬上停放独轮车的树枝，登上了一辆独轮车，接着，不等她发号施令引路图便出发了。地图中蕴藏的魔法十分强大，牵引着独轮车沿着活索路全速飞驰。

费博连忙登上第二辆独轮车，对它大喝一声："跟上那个女孩！"然后匆匆向妹妹驶去。

丛林越来越茂密、幽暗、狂野，活索路在树木之间蜿蜒回旋，福克丝的目光敏锐地四下打量。暗夜怪会不会就在附近？它们能感知到她和费博正在飞速穿越接骨木林吗？她目光所及依然没有任何人的身影——此刻夜色已深，他们都返回了安全的木角村——尽管活索路周围的许多树木已经倒塌，无数的植物被暗夜怪摧毁，但其中仍然有生命的迹象。福克丝看见一棵树干上缠绕着一条长着镜面皮肤的蛇，一只尾巴上镶嵌着宝石的壁虎匆匆爬过树枝，在雨林的地面，几个裹着缠腰布的丛林幽灵正在热烈地讨论究竟几点钟上床睡觉才最合理。

他们身边的树木变得越来越稀疏，天幕中出现了大片的空隙。福克丝望着深蓝色夜空中的云彩不由得倒吸了一口气：许多游翼兽正依偎着云朵休息，形似骏马的身体在月光下散发出柔光，尾巴从云朵边缘垂落下来。

直到看见这些正在休息的游翼兽，福克丝才发觉自己有多么疲惫。于是，当引路图放松对她的牵引，前方隐约出现了一座建在粗树枝间的小树屋时，她不由得松了口气，知道引路图就要带领他们停下来了。起初她以为这里就是"气鼓鼓"，但是等他们来到树屋跟前，进入树屋之后福克丝才明白这里并不是他们的目的地。

树屋里既没有雨林之国的国民也没有魔法生物，只有一张在树干上凿出来的上下铺、一口装满毛毯的大箱子、一张桌子和两把椅子。雨林之国的国民出来采集雷莓时大概就是在这里休息过夜的吧？无论这座树屋过去的作用是什么，现在的情况都很清晰，他们必须在这里落脚，因为今晚他们是找不到长生蕨的。

费博从箱子里取出一条毯子，把公文包塞到床底下，然后扑倒在下铺上。海口扑扇着翅膀在树屋里飞了几圈，嘴里嘟哝着想念易奇之类的话，然后落在窗台上舒舒服服地休息了。

福克丝也从箱子里取出一条毯子，拖着疲惫的双腿爬上了上铺。她舒舒服服地躺下来，把挎包枕在枕头下面以免哥哥偷拿。夜色中一片寂静，只是偶尔响起几声树蛙那金属撞击般的呱叫声，福克丝的思绪不由自主地飘向了莫格和她的暗夜怪。就这样睡下，安全吗？等她醒来时会不会被黑魔法变出的怪猴团团围住，或者与女妖面对面呢？福克丝打了个寒战，告诉自己她这根本是在胡思乱想。不过是几只猴子而已，能有多危险？再说莫格肯定会把他们兄妹留给暗夜怪来对付，自己则去寻找长生蕨。

海口把鸟喙掖在翅膀下面，尽管它已经昏昏欲睡，却忍不住最后又说了一句话。"树屋里的每个成员都有点害怕，却又非常庆幸有其他成员的陪伴。"

"把嘴闭上！"兄妹俩异口同声地说。

但是鹦鹉说得没错。虽然福克丝正绞尽脑汁想办法，一旦发现长生蕨就把哥哥甩掉，但此时此刻，她也非常庆幸自己不是孤身一人在这个陌生的世界里度过茫茫黑夜。她在床上翻了个身，发现一根小树枝从窗口伸进了树屋。它贴着天花板生长，树枝的末端结出了一簇圆溜溜的小坚果，就在她的床铺上方。

福克丝悄悄从挎包里抽出了鉴物勺。这棵大树令她感到很安心，雨林之国的国民们甚至还在树枝间修建了树屋，但谁知道这棵树有没有不为人知的魔力，在她睡着的时候打她个措手不及呢？她用非常、非常小的声音轻声说了句"拜托你了"，然后把勺子伸向其中一颗坚果，看到了这样的文字：

名称：瞌睡树

特点：懒洋洋

食用瞌睡果的风险：大多数情况下，使用者会沉睡一个月。在少数情况下——

"你干什么呢？"费博问。

他的声音并不像往常那样，没有怒气，也不咄咄逼人。实际上，听他的语气似乎只是想跟她攀谈几句。但福克丝还是不信任哥哥。他在宾馆的顶层套房向妈妈撒了谎，神态淡定自若，仿佛只是在谈论天气，因此她心里清楚哥哥有多么擅长骗人。

福克丝把鉴物勺塞回挎包。"什么也没干，"她没好气地说，"你少多管闲事。"

谈话就这样结束了。

福克丝把挎包重新放回枕头底下，假装睡觉。但实际上她在等待费博睡着，她好从树枝上摘颗瞌睡果。她想到了一个好主意。她要利用费博帮自己找到长生蕨，然后，等他们一看见长生蕨，她就叫哥哥吃颗瞌睡果，这样他就会在魔力的作用下沉睡不醒。到那时长生蕨全部归她，可以带回去献给父母！等费博最终醒来之后早晚也会回家，但那时福克丝早已把长生蕨交给了父母，到时候被送到南极去的就会是费博，而不是她！

这个计划太巧妙了，福克丝为此激动得不能自已，以至于她最终伸手从头顶的树枝上摘下瞌睡果、塞进挎包的时候，忘记了自己其实没读完食用瞌睡果的全部风险。她攥着引路图进入了梦乡，心里十分得意，她的挎包里有瞌睡果，还有一颗凤凰之泪，而长生蕨也即将归她所有。

第九章

只有长生蕨能做到

　　福克丝和费博睡得香甜，然而在接骨木林的另一面——越过愚人谷，穿过枯夜树林和腐臭的沼泽——在白骨之地的腹地，一个女妖却十分清醒。

　　在一座废弃已久的神殿的觐见厅里，莫格正坐在破败的宝座上。新生出的翅膀折叠收在她身体两侧，原本的翅膀被卡斯帕·托克摧毁之后，她花了将近两千年才用阴影魔咒在永暗之地造出了这对翅膀。这对翅膀实现了莫格的心愿：带着她从永暗之地来到了雨林之国。那段旅途非常漫长——她必须穿越不同的世界。

可以看出，此刻莫格的力量已经恢复了许多，身上黑色的羽毛闪着油光，她头顶戴着凤凰的头骨，黄眼睛从头骨的眼眶里露出来，散发出光亮，亮闪闪的利爪仿佛上了油的骨头。而这一切都要归功于暗夜怪从雨林之国为她带回的雷莓和动物眼泪。

但莫格的翅膀仍然脆弱不堪、薄如蝉翼，仿佛两张烧焦的纸。要想让它们恢复原状，仅靠雷莓和动物的眼泪远远不够。她把希望寄托在长生蕨上，想利用它来恢复翅膀的法力。莫格最阴暗的法力都蕴藏在她的翅膀里，因此莫格发誓，要不惜一切代价找到那棵长生蕨。

不过，寻找长生蕨比她预计的困难得多。

"把那两个远方世界来的孩子给我抓来，"莫格恶狠狠地说，"他们有可能抢在我前面找到长生蕨，我决不能冒这个风险。"

不清楚莫格此刻在和谁说话。破败的觐见厅早已没了屋顶，黑夜笼罩了整座大厅，充斥在每个角落，遮蔽了石板地面上蔓延的藤蔓和杂草。

但莫格话音刚落，暗处忽然闪过一个身影，一个粗哑的声音答道："我会增派暗夜怪越过愚人谷去捉那两个孩子，"那个声音顿了顿，"不过，若您现在仔细倾听，也许能够听见地牢里传来的新访客的声音。我希望这位新访客能为您提供更多的法力。"

透过石板地面，透过寂静，隐约可以听见一阵极其细微的声响——哗啦啦、咣啷啷的声响——是两只小拳头在晃动牢笼的栏杆，以及栏杆后面的孩子一遍遍恳求怪物放自己回家的抽泣声。

"您的法力日益增强，暗夜怪因此得以冲破高巫设下的保护屏障和古老的凤凰魔法，进入木角村，"粗哑的声音继续说道，"这次我们抓回了一个雨林之国的男孩，想必他的眼泪比雨林之国动物的眼泪更有魔力。"

莫格的身体微微前倾。"把那个小孩的眼泪给我拿来。要想杀掉远方世界来的孩子，找到长生蕨，我的翅膀必须先拥有黑魔法，然后才能用长生蕨让它们恢复从前的魔力。"

暗处的身影再次闪过，两条黑黢黢的毛腿离开觐见厅，走下石头台阶来到了地牢。几分钟后，说话的巨猿回来时，手心里攥着一只小小的玻璃瓶，莫格的翅膀抽动了几下。

她利爪着地站起身，展开翅膀，然后一把拿过装有易奇的眼泪的小瓶子，贪婪地把里面的液体一饮而尽。莫格重新坐回宝座上，脸上露出了阴险的笑容。她能感觉到雨林之国的国民的魔力在她的血管内涌动。

　　"继续给我抓雨林之国的国民回来，厉号，"莫格的翅膀吸收了易奇的魔力，闪烁着幽光，"接着抓。"

第十章

气鼓鼓丛林药房

费博的呼喊声惊醒了福克丝。

一只箱子怪爬进了树屋，确切地说，是一只箱子怪把胳膊伸进了树屋，正一扭一扭地往费博的公文包旁边凑。

"哼，没门儿！"费博大喝一声，抓起公文包从床上一跃而起。

箱子怪立刻收回手臂，朝他一吐舌头，手忙脚乱地下了树。这时双胞胎才注意到海口，看样子鹦鹉起得比双胞胎更早，因为此刻它正站在桌子上，往每把椅子前面放了一颗千味果。

"易奇被绑架了，海口仍然非常生福克丝和费博的气，不过它想，要是远方世界的国民先吃些东西，也许大家的心情都会好一点。"

费博在桌边坐下。"呃——谢谢你，海口。"他说着咬了一口面前的千味果。

福克丝眨了几下眼睛。她是不是听错了，难道她真的亲眼看见一个佩迪 - 斯阔布家族成员对人说了"谢谢"？福克丝盯着哥哥仔细查看。来到雨林之国之后他似乎彻底变了一个人！跟易奇在活索路上骑车时他被吓得魂飞魄散，见到金爪时他险些晕倒，他对福克丝恶语相向的次数还不到平常的一半，而现在他竟然开始对树说"借过"、对鹦鹉说"谢谢"了。她熟悉的那个冷漠无情的哥哥究竟去哪儿了？

福克丝怀疑自己在寻宝过程中是不是错过了某些重要的东西，而费博找到了更有效的处理方式。但费博采用的策略需要对人友善，友善就代表着懦弱，懦弱会让她失去心墙，而福克丝远远没做好准备拆墙的心理准备。她想起了挎包里的瞌睡果，她已经制订了计划，必须保持头脑清醒，以便实施计划。

于是她来到桌边坐下，吃起了千味果——起初是浇了枫树糖浆的松饼的味道，接下来的几口变成了无比美味的蓝莓燕麦粥味。她一言不发，故意不感谢海口为自己带回吃的。

过了一会儿，福克丝打开树屋的房门向外面看了看。雨林的地面已然是一片荒地，遍地都是死掉的雷莓树和干枯的灌木丛，看来没有任何一处地方能免受莫格手下的暗夜怪的摧残。不过活索路周围的植物仍然顽强地活着：岔路旁边长着蓝色的兰花、花朵似火焰般橘红的风车藤和长满斑点的红色大王花。不仅如此，五彩缤纷的花丛间充满了生机，蜜蜂嗡嗡飞舞，犀鸟嘎嘎直叫，（戴着遮阳帽的）蛇嘶嘶地吐着信子，还有一只（手提拐杖的）长臂猿在呼啸。

福克丝走出树屋，哥哥紧跟在她身后。在那个瞬间，一切都静止了。树叶僵住，动物竖起耳朵，瞪大眼睛，就连雨林中的声音也安静了下来。这显然是一片生活在恐惧中的雨林。双胞胎骑上独轮车沿着活索路匆匆离去，周围的动物和植物才明白他们没有恶意，雨林这才恢复了生机。

引路图牵引着福克丝，带着双胞胎骑着独轮车在树木间穿梭而过，来到一条河流旁，它的魔力尚未被暗夜怪汲取一空。青色的河水在丛林中蜿蜒蛇行，两侧长满青翠的树木。引路图带着福克丝在水面上空的活索路上行驶了一段时间，她看见一群粉红色的海豚接连跃出水面，又隐没在水中不见了，不由得倒吸了一口气。接着，活索路转了个弯背向河流，就在他们向低处的河岸驶去时，引路图减缓了牵引的力度。福克丝明白了它的意思：是时候回到丛林的地面了。

她和费博下了独轮车，嘴里不断地说着"借过"爬下了引路图指出的那棵火爆树，然后继续步行寻找长生蕨。他们沿着河流快步前行，不时能看见一些怪模怪样的鱼在水中游过。不过，当他们从岸边一棵雨伞形状、里面悬垂着十几份报纸的紫色植物旁边经过时，福克丝放慢了脚步。那些报纸上报道的是她生活的世界里的新闻！

她出声地念出了离自己最近的那份报纸上的头条新闻："干旱，死亡，在劫难逃！"在这行字下面写的是："若不立刻下雨，远方世界将毫无存活的希望。"

福克丝在引路图的带领下继续向前走去，心里仿佛拧成了麻花。这一次，她心中的内疚感似乎无法摆脱。她生活的世界彻底陷入了混乱，雨林之国奄奄一息，而她也许有办法挽救局面……然而她能否找到长生蕨决定了她是否能够赢得父母的喜爱，无论多么内疚她都放不下这个向往。

福克丝把自我怀疑深深埋在心底，大步向前跑去。她没想到，做个成功商人竟然要经常东跑西颠，等她回家之后也许应该考虑雇用一名秘书。

河面渐渐变得开阔，变成了一片小池塘，周围树木掩映，阳光透过枝叶的缝隙斑驳地映在水面——这是雨林中尚未被暗夜怪侵占的一片小天地。引路图在这里停止了牵引。福克丝环顾四周，寻找人影或者建筑物，而眼前所见只有漫无目的流向远方的河流以及河岸茂密的树林。

福克丝皱起眉头："引路图在这里停下肯定是有原因的。"

"在那儿！"费博大叫一声，"在河里！"

福克丝眯缝着眼睛望向亮处，费博指的是个蓝色皮肤的小动物，它长着尖尖的耳朵，正在水中向他们游来。福克丝大惊失色地后退了几步，望着那只小动物爬上河岸，迈开长蹼的脚快步跑到了一株植物后面。它的样子跟箱子怪很像，只不过它是蓝色的，不是绿色的。

"把它踩扁！"福克丝咬牙切齿地对费博说，"或者用你的公文包把它拍扁！"

那个小动物从藏身的那株植物背后探出头看了一眼，又立刻跑回枝叶之间藏了起来。它这样反复了三次。

海口扑扑翅膀，从树枝上飞落下来，粗着嗓子说道："海口认为这个泥沼怪有话想告诉我们。"

"哦，那它干嘛不有话直说呢？"福克丝不客气地说。

"还记得易奇是怎么说的吗，"费博说道，"魔法生物不会说话。"

接着，令福克丝大为惊讶的一幕出现了，她哥哥几乎是客客气气地弯下腰，在泥沼怪面前蹲了下来。他什么话也没对那个小家伙说，只是蹲在它面前——静静地望着它。

福克丝用脚不耐烦地拍打着地面："我们可没那么多闲工夫，等它一整天。"

"泥沼怪见到远方世界来的英雄，心情过于激动，"海口解释道，"因此要想厘清头绪有点困难。"

泥沼怪站在费博面前盯着他，水从尖耳朵上滴下来，接着快步跑回植物后面藏了起来。几秒种后它走出来，然后再次藏了起来。它一遍遍地重复这些动作，它越重复福克丝心里就越没把握，它真的像海口说的那样是在跟他们交流吗？

"你是不是知道跟'气鼓鼓'有关的事情？"费博轻声试探着问，听他的语气，他尚不适应对人柔声细语，但他还是在认真地尝试。

泥沼怪从植物背后探出头，点了点头然后又藏了起来。

海口落在了费博身边的地面上。"现在泥沼怪的头绪没那么乱了，海口觉得它是想告诉你们，你们已经来到了'气鼓鼓'。"

福克丝两手一扬。"我们根本就没到目的地！看啊——这里什么都没有！"

费博环顾四周，皱起了眉头。但他没有对泥沼怪呼来喝去。他说话的语气平静而轻柔，以免把泥沼怪吓跑，他的行为跟平常迥然不同，福克丝不由得掏了掏耳朵，不敢相信说话的人真的是她哥哥。他又这么友善，究竟是要干嘛啊？

费博盯着泥沼怪又看了一会儿，忽然眼前一亮。"'气鼓鼓'是隐形的，"他缓缓说道，"你一会儿藏起来，一会儿又出现，就是想告诉我们这件事，对不对？"

泥沼怪点了点头。

福克丝皱起了眉头。父母总是告诉她对人友善就是浪费时间，可是眼下费博却凭借友善对待泥沼怪获得了他们需要的信息。她想学着费博的样子对泥沼怪感激地笑笑，好催促它多告诉他们一些事，但她的脸还不习惯摆出这样的表情，最后只是对着它做了个扭曲的鬼脸。泥沼怪见福克丝怒气冲冲地瞪着自己，吓得尖叫了一声，尴尬、气恼和嫉妒的心情同时涌上福克丝心头。费博做什么都比她强！就连跟魔法生物交流也不例外……

"既然这东西是隐形的，那我们怎么找呢？"她抱怨道。

费博转身对她说:"我也不知道,但我认为我们应该信任这里的魔法生物。否则我们不可能生存下去。"

福克丝哼了一声:"亏你好意思说信任,数你最常撒谎骗人了。"

费博似乎想说些什么,这时他忽然发现那只泥沼怪挪动着脚步正往河里走,便连忙叫它:"嘿!"

泥沼怪转过身。

"我只是——"他顿了顿——"我只是想……谢谢你的帮助。"

泥沼怪听见费博的话,咧嘴一笑,它似乎知道一些双胞胎和海口不知道的事情。接着,它蹦蹦跳跳地回到河里,从他们的视线中消失了,不过,在它消失的同时发生了一件怪事。穿过树枝的缝隙直射向河面的阳光开始颤抖,变成了模糊的光晕。那情景仿佛海市蜃楼,只不过海市蜃楼显现出的都是寻常的事物,而在这道光影中显现出来的东西绝不是寻常的事物。

河面上凭空出现了一幢东倒西歪的小木屋,用几根支柱撑着悬在水面上。河岸上有一道木头台阶直通小木屋,紧闭的房门上钉着一块牌子,上面写着:

气鼓鼓丛林药房

福克丝盯着房门旁边的窗口。透过窗玻璃，她能看见成排的玻璃瓶，大小形状各异，里面装满浆果、草叶和磨成粉的树皮。她不敢相信自己离胜利只有几步之遥！然而，就在她打算冲上台阶把长生蕨据为己有的时候，小木屋里突然响起一声短暂而刺耳的爆炸声，窗口喷出一团绿色的亮片，碎玻璃碴被震得四散分飞。

"我说得已经够清楚了，泥沼怪，"木屋里传出了抱怨声，"我不想被打扰。"

海口没理会爆炸声，扑扑翅膀飞到了房门口的台阶上。双胞胎小心而警惕地跟着它走了过去，眼睛紧盯着木屋的窗口，生怕说话的人走到窗前来。

不过，紧紧盯着气鼓鼓药房的并非只有他们两个。附近的树上还有几双眼睛在盯着它。假如海口和兄妹俩没有因为小木屋的出现而激动万分的话，他们或许就会注意到丛林忽然陷入了沉寂，寂静中隐约响起一阵古怪的滴答声。

三只猴子在下层木的遮蔽下继续观望。它们的样子跟福克丝和费博昨天见到的那些在树枝间攀援跳跃的银猴完全不同，这些猴子皮毛的颜色比黑夜更黑，橘黄色的眼睛在福克丝和费博的身影间来回移动，令人毛骨悚然的眼神中闪着一丝可怕的寒光。

第十一章

植物从来都有用

"福克丝想让费博去敲门,"海口朗声说道,"而费博想让福克丝去。"

"福克丝想让那只鹦鹉把别人的心思憋在肚子里。"福克丝气呼呼地嘟哝道。

说到这里,他们在气鼓鼓药房门口停下脚步时,福克丝吃惊地发现,一向充满自信的费博竟然没有快步走到前面去抢长生蕨。实际上,他现在的表情跟他刚刚踏入雨林之国时的表情非常相似,那就是恐惧。

"好吧,"福克丝说,"那我来。"她说着伸出一只颤抖的手

（在内心深处，她其实也很害怕）敲响了房门。她静静等待，心脏通通直跳。无论房子里是什么人，听起来他似乎很不愿意被人打扰。

"要是你流鼻涕，"那个声音毫不客气地说道，"我的鼻涕灵已经用完了，"听声音是个男的，年纪很大，十分疲惫，"要是你因为耳朵疼而担心，那你要等到十一月才有解药：只有在耳朵叶生长的季节我才能制作耳聪剂。要是你是因为痛风来的，那我劝你少喝点儿丛林琼浆。"

"我们——我们不流鼻涕，耳朵不疼，也，呃，不痛风，"费博说，"我们——"

"我们，"那个声音叹了口气，"来的人不止一个？"

"算上鹦鹉，有三个。"费博紧张地说。

"这简直是要累死我。"

房子里传来了拖沓的脚步声。兄妹俩满怀希望地等着说话的人现身，可是从屋里传出的却是一阵瓶子的撞击声、嘶嘶声和另一声短暂、刺耳的爆炸声，紧接着窗口又喷出了一团绿色的亮片。

"可恶，"那个声音嘟哝道，"看样子气鼓鼓药房得在这阶段停留一段时间了……"

　　屋子里安静了一会儿，接着缓慢、拖沓的脚步声再次响起，离门口越来越近。

　　福克丝屏住了呼吸。费博把公文包紧紧搂在胸前。海口小声嘀咕了一句"害怕起来都是一样的"。这时房门打开了。

　　门口站着一个老人。从他身上的羽毛马甲、树叶拼接短裤和耳垂上的雨滴文身，福克丝推测他是个雨林之国的国民。但他的模样比福克丝见过的其他雨林之国的国民狂野得多、苍老得多、没好气得多。别的先不说，他耳朵里就长着短短的一撮撮杂草，长长的白胡子跟树叶和细树枝纠缠着长在一起。他光着脚，脚指头之间甚至长出了一簇簇的青苔。

　　"你们想干——"他刚张口，看见面前的两个孩子突然停下来，"这么说蜡烛树的预言终于实现了。远方世界的国民终于来到了……"

　　海口把头一扬："这个老头以为，埃塞尔的事情已经过了那么多年，他的药剂师生涯早就结束了，可是现在——"

　　"你要当心，小鹦鹉，"药剂师说道，"我有一剂封闭药水，世界上的任何东西它都能永远封住：房门、心灵、人嘴和鸟嘴都可以。"

　　海口立刻闭上了嘴。

老人转而对双胞胎说："八年前，我施下魔咒，让气鼓鼓药房隐身了。我发誓，只有当住在这条河岸附近的泥沼怪认为绝对有必要的时候，我才会让这座木屋现身。几年下来，泥沼怪曾经因为一些无关紧要的事情召唤过我，比如它们年幼的同类不停地打嗝，或是它的外婆打嗝时会吐泡泡之类的事情。每一次我都用丛林液制造出爆炸，成功地让气鼓鼓药房再次隐身。"

他看了一眼窗外散落的碎玻璃。"直到今天为止，"他深吸了一口气，"你们就是预言中来自远方世界的人——我猜你们来是为了把莫格驱逐出魔法王国。那我想知道，你们在我的小屋附近转悠是想干什么呢？"

"长生蕨，"福克丝急切地问，"在你房子里吗？"

"金爪给了我们一张烛光引路图，"费博解释道，"我们问它该去哪里寻找长生蕨，它就带着我们来到了你这里。"

老人沉默了一会儿。"过去我常常在魔法王国各地收集植物、蕨类和浆果，用它们治疗各种各样的小毛病，"他顿了顿，"但我从来没找到过长生蕨。"

福克丝心中的希望瞬间破灭了，她瞪着药房说道："这张引路图就是个笨蛋，那个蕨也是个笨蛋，而你也是个笨——"

费博打断了她的话："引路图把我们引到这里肯定有它的理

由。也许您的房子里有其他能帮助我们的东西？”

老人叹了口气。“我早就不再给人开药了。自从……”他的声音渐渐弱了下去，“你们到这儿来就是在浪费时间。”

他想关门，但福克丝用靴子挡住了门。“听我说，你这个脚上长青苔的家伙。我们到这儿来是因为肩负着非常重要的使命，你不绞尽脑汁想出些有关长生蕨的线索来，我们是不会走的，”说着，她把老人挤到旁边，闯进了小屋，“所以说你究竟能给我们提供哪些帮助呢，嗯？”

“远方世界的人都这么没礼貌吗？”老人向费博抱怨道，“还是只有十八岁以下的才这样？”

“我妹妹不是粗鲁，她只是——”费博顿了顿，“心急而已。事关紧急，我们必须找到长生蕨，你知道的。”

药剂师叹了口气。“既然整个世界的命运都维系在这件事上，我看你们还是进来吧。但我确实不抱任何希望能帮上你们的忙。”

费博和海口跟着老人进了屋，福克丝在小屋里仔细查看，寻找能帮得上自己的东西。小屋里靠墙放着带玻璃门的陈列柜，每个柜子里都摆着成排的玻璃瓶、药罐、高脚杯和广口瓶，有些里面装着奇奇怪怪的东西，有些贴着标签：

·过筛太阳花：治疗秃头（每日使用）

·狼吞虎咽树的树脂：治疗挑食（饭前服用）

·臭角糊：显著改善迟到情况（临行前使用）

·晒干的奶香草：治疗噩梦（睡前放在枕头下面）

·扭扭叶：改善关节僵硬（剧烈运动后放在脚上按摩）

"你有没有用来寻找丢失的东西的药？"福克丝问。

药剂师关上门，然后走到小屋中间那张桌子旁坐下。这时福克丝才注意到桌面上横七竖八地乱扔了许多东西：有液体已经变干起皮的试管，有坏掉的放大镜，还有挂满蜘蛛网的天平。那景象仿佛药剂师在许多年前做了个实验，却没有做完就中途放弃，任由实验材料腐坏。

费博环顾四周："也许你这里有能够杀死女妖的东西？"

"即使我有，我也不敢保证它肯定有效，"老人沮丧地说，"我曾经非常有名气。魔法王国的国民和魔法生物会从四面八方到气鼓鼓药房来寻求解药。他们会说'杜奇·草药思尼斯能把你治好。他是最厉害的药剂师。'但要是你无法挽救自己最爱的那个人，帮助再多的人又有什么用呢？"

老人用两只皱纹密布的手捂住了脸，接着，令福克丝大惊失色的一幕出现了，她发现老人哭了起来。她目瞪口呆地望着老人。她从没见过成年人掉眼泪，而这个景象让她的内心十分不安，仿佛见到整个宇宙在她眼前分崩离析。

"快叫他停下，"她焦躁地对费博说，"立刻停下。"

可是当费博向药剂师伸出手时，他却抽泣得更大声了。

这时，海口自作主张地说出了老人内心深处的想法："这个老头儿哭起来感到既痛苦又解脱，而且——"

药剂师哭得更响了。

"谢谢你，海口，"费博坚定地打断了它，"不要再说了。"

等杜奇·草药思尼斯终于开口时，泪水裹挟着他的话语倾泻而下。"我找遍了整个魔法王国，寻找最强大的植物，调制了上千种魔药，这是因为八年前我最心爱的妻子埃塞尔为了保护一棵雷莓树遭到了莫格手下的暗夜怪的袭击，病得很重。"

老人掏出手帕擤了擤鼻子。"然而那些邪恶的猴子的黑魔法已经深入她体内，到头来我的一切努力都是徒劳，"他抬头望着双胞胎说，"我没能救回她，所以我也没法挽救你们和整个魔法王国。"

福克丝从挎包里取出烛光引路图，沮丧地望着上面那几个银色的字"气鼓鼓药房"。它把他们大老远带到这里来，却都是徒劳。她把引路图拿在手里举起来，看它是否想为她引路，然而引路图只是软绵绵地躺在她手里。

她转身问费博："现在怎么办？"

费博在桌旁坐下，看样子他还不打算放弃。"很抱歉听见你妻子的事，"他对药剂师说，然后他顿了顿，继续说道，"有时候，无论你多么努力地做一件事，最终都不会成功。但我并不认为那代表着你是个失败者。也许那意味着你做的所有努力其实都是在为别的事情做准备。"

福克丝盯着哥哥，费博对泥沼怪和颜悦色她尚能接受，毕竟费博的那个行为让气鼓鼓药房现身了。可是为了别人的痛苦而道歉，这样就过头了。他究竟想干什么啊？

"也许你想把自己与外界隔绝，"费博继续说道，"但是引路图带我们来到你这里肯定有它的理由。它一定是认为这里有某种东西能在寻找长生蕨的路上助我们一臂之力。雨林之国需要你，杜奇·草药思尼斯。你要为战胜莫格尽一份力。"

药剂师沉默了一会儿，然后使劲吸了吸鼻子。"这就是让小孩子进入工作室的问题所在：他们会让你重新燃起希望。"

福克丝看看四周的架子。"可是一堆没用的植物能有什么帮助呢?"

杜奇擦了擦眼泪。"植物从来都不会没有用,"他严肃地告诉福克丝,"它们被吃掉之后还能重新长出来,它们能在丛林最阴暗的角落生根发芽,只靠空气和雾气就能生存。它们不用活动就能繁衍后代,它们拥有二十多种感觉,它们吸收二氧化碳,叶子却能够释放出氧气,供人类和动物呼吸,"老人的语气中多了一丝先前并不存在的活力,"植物不仅仅是装饰品,你我的世界能够存活多亏了它们。"

"可要是我们找不到长生蕨,雨林之国和远方世界都别想活下去,"费博小声说道,"你刚才说你曾经是个非常有名气的药剂师,你肯定知道有哪些东西能帮助我们的,求你了!"

福克丝扑通一声瘫坐在费博对面的椅子上。看样子他越来越擅长对人和颜悦色了。福克丝不禁琢磨也许她哥哥并不是想在寻宝旅途中胜过她,也许他说的都是真心话。可那样就是在跟父母教给他们的道理对着干啊……

"我想,也许确实有样东西,"过了一会儿杜奇说道,"我试图救埃塞尔的时候发现,皱皮莓必须先把籽剔除,然后加入捣碎的玲珑根中才能发挥出最大作用。等我发现这一点时,我的埃塞尔已经病得太厉害了。我……我发现得太晚了……不过，如果能在遭到黑魔法攻击后尽快服用这种魔药，我想它的力量也许能救人一命。"

他步履蹒跚地来到架子前，取下几本布满灰尘的书、一只装满苔藓的蛋杯和几颗银色的松果，然后拿起了一只用软木塞塞住的小瓶子，里面装满紫色的液体。瓶身上的标签写着：皱莓玲珑浆：遭遇黑魔法攻击后尽快服用，可以恢复健康。

福克丝手中的烛光引路图突然颤动起来，仿佛在告诉她这正是它把他们引到气鼓鼓药房来的原因。

"要对抗暗夜怪，甚至莫格，皱莓玲珑浆是你们最好的选择，"杜奇说，"倘若世上真的有东西能让你们免受黑魔法的侵害，应该就是这个玲珑浆了。"

福克丝伸手想去抓杜奇手里的药瓶，但药剂师把药拿开，转身递给了费博："谢谢你，小男孩，你唤醒了我内心深处的某种我以为早已枯死的东西。"

福克丝看得心里一惊，费博居然因为对人友善而获得了能救命的药水。她正了正领带，尽量让自己看上去招人喜欢些。然而药剂师既没感谢她，也没取出第二瓶救命的解药送给她。

药剂师低头看了看她手里的引路图，然后用苍老而睿智的眼睛望着她说："烛光引路图知道一个人需要经历哪些心灵旅途才能抵达目的地，而不仅仅是双脚要走过的路。它最终一定会带领你们找到长生蕨，我对此毫不怀疑，但你要记住：你想寻找的东西往往就你在身边。"

福克丝木讷地点点头。她不明白这个人的话是什么意思，但是他说话的语气、看着她的眼神似乎有某种深意，让她的心不由得颤抖起来。这位药剂师确实把解药给了她哥哥，但他却在告诉福克丝，她才是那个能够找到长生蕨的人。这份对她的信任——无条件的信任——打动了福克丝心中最隐秘、最宝贵的部分。

她羞涩地笑了，这一次她的笑容是真实的，她抬起头望向费博，发现他也在微笑，仿佛他们之间多年累积的厌恶其实并没有想象中那样深——也许吧。福克丝脸红了，移开了目光。向家人露出微笑对她来说是件罕见的事，而她尚不确定这究竟意味着什么。

海口站在一张空着的旧椅子的靠背上柔声地咕咕叫了几声。"福克丝感觉自己不像以前那样生气了，费博感觉自己不像以前那样害怕了，杜奇·草药思尼斯感觉自己不像以前那样悲伤了，而海口对找到易奇的信心多了一些。哦，海口最喜欢这种能改善心情的寻宝旅途了，"它顿了顿又说道，"也许应该来点儿吃的，巩固一下这种积极的气氛？"

药剂师微微一笑，从储藏柜里取出吃的，匆匆做了两个蔬菜卷，兄妹俩和海口几口便吃光了。福克丝吃完饭时，抬头看了房门一眼，发现门开了一条缝。可她记得清清楚楚，费博进屋之后杜奇·草药思尼斯明明关上了门。福克丝眯缝起眼睛望着房门。也许门是被微风吹开的？

然而一只手忽然握住了门边——手指上长着乌黑的尖指甲——福克丝立刻明白了，气鼓鼓药房外面根本没有什么微风。

第十二章
飞跃愚人谷

房间里的人同时看见了那只爪子，但是最先开口的是杜奇·草药思尼斯，他转身指着墙角的一个储藏柜，压低声音急切地说："快走！那是一扇通向外面的暗门！走——现在就走——别回头！"

房门正缓缓打开。

"那你呢？"费博小声问他，然后跟着福克丝向储藏柜转身走去。

药剂师拿出几瓶魔药，全部倒进了桌上的碗里，魔药立刻开始冒泡，丝丝作响。"你说的没错，我的孩子：你做的所有努力其实都是在为别的事情做准备。"

接下来的一系列事情发生得非常快。房门瞬间完全打开，一只猴子的黑色身影出现在门口，另外两只猴子出现在窗口，正小心地跨过碎玻璃。碗里的混合物突然爆炸，浓重的蓝色蒸汽立刻充满了整座小屋，叫人看不清谁在哪里，周围有什么东西。但福克丝、费博和海口跌跌撞撞地往前走，摸索着寻找墙角储藏柜的门把手，终于踉踉跄跄地钻进了柜子。与此同时他们身后的小屋里喧闹不堪：椅子被掀翻在地，玻璃被砸碎，猴子厉声大叫——那声音尖利而恐怖，仿佛地狱敞开了大门。

储藏柜里面比他们想象的更宽敞，福克丝不停地往里爬，但是当她听见药剂师痛苦的呼喊声时，她停了下来。

"继续走！"费博喘着粗气说，"我也不想丢下他，但要是我们这个时候被抓住，他的努力就全白费了！"

福克丝连忙往前爬。她究竟是怎么了？竟然为了一个她刚认识的人担心！她爬向柜子背面，推开背板，阳光立刻涌了进来。他们发现自己所在的地方是河上的一处码头，背向小屋。一群游翼兽在对面的河岸上狂奔，就在片刻之前，它们还在河边饮水。福克丝猛地转过身，看见蓝色的烟雾从小屋里喷涌而出——从烟囱、窗口、房门往外涌——接着，小屋里爆发出紫色的烟雾，紧接着是黄色和红色的烟雾，看样子是杜奇·草药思尼斯把所有魔药都向暗夜怪丢了过去，目前看来他这种做法还算有效。

"我们必须离开这里！"费博大声说。

福克丝感觉到口袋里的烛光引路图在动，于是她再次取出地图，只见羊皮纸上闪耀着一个银色的名字：鬼影殿。

引路图似乎正在向上拽她，它的力道不足以让福克丝双脚离地，但很显然那才是引路图希望她去的方向。

"我——我不明白，"福克丝结结巴巴地说，"鬼影殿听起来像是个地名，可这张地图为什么要往上拽我们呢？我们又不会飞！"

身后传来一阵雷鸣般的脚步声，福克丝不禁绷紧了神经。她再次转过身，看见那些猴子已经发现了秘密通道，此刻正接二连三地从里面往外钻。它们快步跑上码头，橘黄色的眼睛紧紧盯住双胞胎不放，利刃般的牙齿在阳光下闪闪发亮，遍体鳞伤的药剂师则连滚带爬地跟在它们身后。

海口吓得哇哇大叫。

"我们该怎么办？"费博大声说。

不过，就在打头的猴子准备用利爪和尖牙抓咬福克丝的那一刻，某种东西忽然"嗖"的一下疾驰而过。兄妹俩突然被带离码头，落在了某个跌跌撞撞的棕色大家伙的背上，匆匆向空中飞去。

地上的猴子嘶嘶地厉声尖叫，但兄妹俩已经脱离了它们的魔掌。福克丝紧紧搂住面前那长满羽毛的脖颈，两只棕色的大翅膀在她身体两侧拍打。原来是一只游翼兽。在同类纷纷逃命的时候，是它留下来救了他们。从它飞翔的姿态判断——动作笨拙、气喘吁吁——福克丝对这只游翼兽的身份确信无疑。

是歪歪。

福克丝回想起昨天它起飞时那不牢靠的样子，不禁咽了一下口水，它竟然冒着生命危险救了他们。引路图仍然指引着他们向前飞，沿着地上的河流和两岸掩映的树木，这张有魔力的羊皮纸仿佛知道游翼兽才是兄妹俩活着逃离气鼓鼓药房的唯一办法。

海口依偎着福克丝的大腿，地面上发生的事情令她心事重重，竟然忘了把这只鹦鹉推开。那些怪猴拖拽着杜奇·草药思尼斯离开了小屋，它们是要把他抓到白骨之地去见莫格吗？因为他想要保护福克丝和费博？还是莫格抓走杜奇和易奇这样的雨林之国的国民其实另有原因？

福克丝回头看了费博一眼。他恐高，因此未加思索便紧紧搂住了妹妹的腰。尽管福克丝不愿承认，但有哥哥搂着，这让她感到平静、放心了许多。不过，兄妹俩对视的那一刻，费博似乎意识到了这样亲密无间的举动对他们两个来说多么别扭、多么尴尬。他连忙把手拿开，扶住了游翼兽的后背，又用双腿紧紧夹住它的身体。

福克丝也故意夸张地打了个寒战，让哥哥明白她跟他一样，才不喜欢这种亲密的举动呢。接着，她未加思索便脱口问道："你觉得杜奇会有危险吗？"

"如果我们能找到长生蕨的话，他应该没事的。"费博答道。

福克丝不禁琢磨，也许费博寻找长生蕨真的是为了拯救雨林之国和他们生活的世界，而不是为了他自己。在来来往往特快列车上他曾经说过，他跟福克丝一样，也把这棵植物视为稳固自己在佩迪－斯阔布家族中地位的大好机会。不过自从来到这里之后，他的举止一直很反常，福克丝怀疑他现在也许另有想法。他哥哥的内心发生转变已经有段时间了，而这种转变在雨林之国变得越发明显。福克丝又看了一眼费博的公文包。说真的，她哥哥在家时花费那么多心血究竟是在做什么？踏上寻宝旅途的时间越长，福克丝越敢肯定，费博寻宝动力的来源绝不是成为一名唯利是图的商人，而是某种与之截然不同的东西。

歪歪气喘吁吁地继续往前飞，飞过隆隆的瀑布和幽静的环礁湖，它的喘息越来越重，鼓足劲往上飞，最后欣喜地嘎嘎叫了一声，穿过了笼罩在河流上方的树枝。兄妹俩俯身趴在它背上，以免树枝和树叶戳进自己嘴里和耳朵里，接着他们一飞冲天——或者，更确切地来说，是拼命扑扇着翅膀保持悬空——来到了树冠层之上。

"雨林之国……真……真大啊！"福克丝结结巴巴地说。

在丛林的地面上时她也曾觉得自己渺小，然而在这里，树顶绵延伸向目光不能及的远方，福克丝才感到自己渺小得微不足道。到这时她才意识到这个魔法王国失去了多少魔力。每隔一段距离，树冠层中便有一片翠绿的植被，然而丛林的大部分区域已经被彻底吸干了色彩和生机。福克丝看见南方有一片长得较为整齐的树木，看上去仍然充满生机，她推测那里一定就是木角村。不过现在暗夜怪已经冲破了用来保护雨林之国的凤凰魔咒，谁知道木角村还能安然存在多长时间而不落入莫格的魔掌呢？

福克丝眺望森林的惨状。她必须在这片废墟之中设法找到长生蕨。想到这里，她把烛光引路图攥得更紧了。引路图仍然催促着他们往前飞，飞向不知在何处的鬼影殿。歪歪飞行的方向与地图指引的方向一致，它似乎能感受到地图中蕴藏的魔力。福克丝心里很清楚，无论如何绝对不能把这张地图弄丢。没有它，她是绝对不可能找到长生蕨的。

午后的太阳此刻低悬在天边，把树冠层之上的云朵包裹在金色的阳光中。歪歪从一团飘在低空的云彩中飞过，抖抖羽毛甩掉身上的露水，福克丝连忙躲开，歪歪驮着他们在蔓延开阔的丛林上空继续往前飞。

福克丝从没骑过马，也从没骑过自行车。伯纳德和格特鲁德·佩迪－斯阔布说过，课外活动的重点应该完全集中在制订商业计划和赚更多的钱上面，在他们看来，骑着马或者自行车到处跑无法带来任何收益。在他们眼中，业余爱好就等于是在浪费时间。

福克丝暗想，如果把马和自行车换成游翼兽或者由丛林液驱动的自行车，不知他们会不会改变想法。尽管福克丝心里很清楚在这趟寻宝旅途中她决不能错失做生意的良机，但她也无法否认，魔法世界里的交通方式确实更激动人心一点儿。这让她忍不住想欢呼、想咯咯笑，当然了，这两种行为都是为佩迪－斯阔布家族成员所鄙夷的。

福克丝望着太阳沉入远方的树顶，在它身后留下火焰般橙红色的天空。回想他们最近的经历，出乎她意料的是，许多人都对他们伸出了援手：特迪斯·尼构和来来往往特快列车把他们送到了雨林之国；易奇让他们免遭莫格的暗夜怪的攻击；金爪送给他们一只装满魔法物件的挎包；泥沼怪帮他们召唤出了气鼓鼓药房；杜奇·草药思尼斯送给他们皱莓玲珑浆；歪歪在紧要关头把他们带到了安全的地方；就连海口也在火爆树和千味果的事情上出了力。

一直以来福克丝受到的教育都是：一个人只有把别人踩在脚下、推到旁边才能有所成就，但事实证明，在雨林之国里并不是这样。福克丝想，也许在她向媒体发表获胜致辞的时候应该提到雨林之国的国民，发表致辞的地点就在挺括宾馆的顶层套房，到时候她手里要拿一杯成功人士庆功宴上喝的东西（气泡酒？），父母则自豪地在旁边看着她。

海口在她膝头动了动："飞得太往北了，海口有点害怕，但愿这样能离易奇越来越近？"

提到北方，福克丝也有些不自在了。白骨之地不是就在魔法王国的北边吗？烛光引路图不会是想让他们到那里去吧？

费博在她背后说："金爪说有个名叫火花的高巫负责巡视

那条隔绝白骨之地和雨林之国的沟壑。所以，即使我们必须去那里才能找到长生蕨，附近也有高巫守卫，想必我们也不会有事，"费博顿了顿，"对吧？"

"对。"福克丝说，但是在内心深处，她其实并没有把握。她记得金爪还说过，沟壑另一侧还有一个高巫在白骨之地巡逻，但它已经一个月没有那个高巫的音讯了。也许它已经被莫格的暗夜怪抓走了……那么谁能保证在沟壑边巡逻的那个高巫没有遭到暗夜怪的袭击呢？

歪歪继续往前飞。此时天色已经变暗，现出了星星点点的灯光，遥远的天际有几只大鸟在树顶上空掠过。在月光的映衬下只能看出它们的剪影，但仅凭轮廓福克丝就能判断出它们是什么。

是兀鹫。

而人人都知道，兀鹫只会在一种东西上方盘旋：尸体。

天色太暗，他们无法看清前面有什么，但兀鹫的出现吓得海口惊叫了一声："海口现在非常紧张，非常担心。"

而且看样子歪歪也有同感。引路图仍然催促着他们向前，但游翼兽却开始降落，仿佛下定决心最远只飞到这里。

歪歪冲向树冠层，猛冲穿过树枝间狭窄的缝隙，福克丝不禁吓得紧闭双眼，屏住呼吸。她以为树冠层之下跟雨林的其他部分一样，长着荧光的植物和充满魔力的大树，但眼前的景象让她心头一紧。

　　游翼兽之所以下降并不是因为它想主动停下来，而是因为他们正在飞越一道深深的沟壑，沟边布满高大的岩石，向两侧绵延数英里。沟壑上方架着一座摇摇晃晃的桥，沟的另一边既没有发光的植物也没有亮闪闪的活索路——有的只是枯死的树木组成的一片黑暗森林。

第十三章
我们能成为盟友吗

"是愚人谷！"鹦鹉尖叫起来，"海口认为我们应该改变路线！马上就改！"

"掉头！"福克丝对歪歪大喊，"掉头！"

引路图拼命把福克丝的手臂向上拉，似乎想让他们越过沟壑进入白骨之地，而且想让他们保持在树冠层上空。但歪歪做出了与它不同的决定，它显然很不乐意。除此以外，游翼兽现在飞行的方式也有点反常。它仿佛彻底失控了，不再像原来那样摇摇晃晃地飞行。它时而偏向一侧，时而偏向另一侧，扑扇翅膀的速度也放慢了。他们离地面越来越近，歪歪尖叫一声，跌跌撞撞地降落在白骨之地，离那道深沟只有几步之遥。

双胞胎一骨碌从歪歪背上翻了下来，惊恐地打量着周围。他们能清晰地感受到这里充满了黑魔法。周围的树木跟愚人谷另一侧的树木全然不同，树上一片叶子、一朵树生兰、一根藤蔓也没有。这些树仿佛衰老的躯壳——树枝光秃秃的，枯死的树干上长满真菌。灌木丛中的植物也同样令人毛骨悚然：灌木丛里长出会眨眼的眼球；矮树丛上挂满又厚又黏的蜘蛛网；一簇花朵的花瓣竟然是脚指甲。

福克丝害怕得缩起肩膀，惊慌失措地瞥了歪歪一眼。"你这个白痴！"她恶狠狠说道，"你降落在这里干什么？莫格的暗夜怪肯定就在附近！"

游翼兽想站起身，它的腿却无法支撑身体，它翻过身侧躺在地上，直喘粗气。

"它受伤了！"费博惊呼起来。

福克丝凑近一看，发现哥哥说得没错。歪歪的后腿上有爪印，三条深深的抓痕正在往外冒血。

"我们起飞的时候，那些猴子肯定伸手抓了它，"费博说，"歪歪一直忍着疼痛在驮着我们飞行，怪不得它降落时摔倒了！它实在飞不动了，"费博看了妹妹一眼，"要是它伤得没这么严重，肯定会按照烛光引路图的指引继续向前飞的，我敢肯定！"

福克丝低头望着手里的羊皮纸。它软绵绵地躺在她手里，似乎一丝魔力也没有了。

"我们还怎么去鬼影殿？"她大声说道，"引路图不想让我们回到地面。它想让我们留在树冠层上面，现在它什么也不肯做了！在白骨之地紧急降落，这可不在它的计划之中！"

"也许不在，"费博说，"但是歪歪受伤了。说不定引路图只是在休息，因为它知道我们应该救这只游翼兽？就像昨天我们需要停下来吃饭、过夜那样。"

"救它？"福克丝气得语无伦次，"可是——可是我们会被暗夜怪袭击的！甚至可能被莫格本人袭击！"

她瞥了受伤的游翼兽一眼，想狠下心肠不同情它，但这很难做到，因为此刻歪歪正呜咽着瑟瑟发抖，福克丝使出全部的自控力才忍住了自己想要跑到它身边轻轻拍一拍它的冲动。她告诫自己绝不能做出这样极端的举动，遇到困难时，成功的商人可不会拍别人，他们只会践踏别人的感受。"我们没时间做这些事，我们必须行动起来，"福克丝望着身边的植物打了个冷战，"现在就走！"

费博没有理会妹妹，而是伸手从短裤的口袋里取出了装有皱莓玲珑浆的小瓶子。

福克丝看见连连摇头："不行。绝对不行，费博。我们大老远跑到气鼓鼓药房才拿到了这东西，要是我们遇到莫格的暗夜怪，它可是我们保命的唯一希望！"

"要不是歪歪救了我们，我们早就没命了，"费博平静地说，"现在轮到我们救它了。"

海口趴在地上，头藏在翅膀底下瓮声瓮气地说："海口非常害怕枯夜树。"

福克丝猛地转过身："枯夜树？那是什么？"

接着她不由得心跳加速——海口说的是什么再清楚不过了。此刻兄妹俩已经安静下来，歪歪的呜咽声也渐渐减弱，变成了颤巍巍的呼气声，在寂静之中福克丝听见了另一种声音，一种吱嘎声，仿佛某种年代久远的枯骨活动发出的声音。

福克丝望着周围的树木，不由得瞪大了眼睛。它们的树枝已经枯死，但它们千真万确是在动。它们的动作不像火爆树那样来回挥舞粗树枝，而是树枝末端有成簇的细枝在活动，动作细微，发出吱吱嘎嘎的声响。福克丝忽然意识到这些树枝很像人的手，瘦骨嶙峋的手指从沉睡中醒来，想要拉扯他们兄妹，她不禁倒吸了一口冷气。

"我们必须尽快找到火花——如果它还活着的话！"福克丝大声说，"没有高巫的保护，我们在这里根本活不下去！"

费博固执地摇摇头："不先把歪歪治好，我哪儿都不去。"

尽管枯夜树离他们越来越近，烛光引路图也从未建议他们深入白骨之地，费博还是取下了瓶塞。一根枯夜树伸出的爪子般的手来抓他，他闪身避开，把玲珑浆倒在了歪歪的伤口上。歪歪疼得瑟缩了一下。

另一棵枯夜树把手伸向了福克丝，面对新的猎物，树枝激动得直发抖，福克丝惊叫一声，连忙后退几步。她一骨碌躲到那棵树够不着的地方，又紧走几步来到离那些树远一些的地方，然后向愚人谷底瞥了一眼。她心头一紧。深深的沟壑两侧是光秃秃的石壁，直通向阴影绰绰的沟底，不过沟底似乎有什么东西。那景象让福克丝的血液都凝固了。

沟中几米深的地方有一块突出的岩壁，上面躺着一头四肢伸开的豹子。借着月光，福克丝看见它金色的毛发上沾染了血红的斑点。她咽了一下口水。这肯定是高巫，而从它躺着的姿势判断——脖子扭曲、双眼睁开、眼神空洞——它已经失去了生命。

福克丝吓得浑身颤抖，匆匆赶回费博身边。枯夜树还在从各个方向挥舞干瘦的爪子，但费博总能抢先它们一步，在它们把手伸得太近时闪身躲开，以便把珍贵的药水全部倒在游翼兽的腿上。

"暗夜怪——它们杀掉了在愚人谷巡逻的那个高巫，"福克丝结结巴巴地说，"火花。它就躺在沟里，我敢肯定！而且，既然金爪已经有段时间没收到在白骨之地巡逻的另一个高巫的消息，依我看，它很可能也被杀掉了！"她闪身跳到旁边躲避枯夜树伸过来的爪子，然后瞥了一眼费博手里的空药瓶，"这下要是情况不妙，我们一滴能用来救命的玲珑浆也没有了！我们在白骨之地彻底无依无靠了！"

歪歪挣扎着站了起来。

"不是彻底无依无靠，"费博说着往后一仰，避开了伸过来的树枝，"玲珑浆让歪歪的伤口愈合了。我估计它今晚还不能飞行，但明天它也许会变得更强壮些，"他抬眼向白骨之地望去，"我们应该离开这里，离开这些枯夜树。"

这时，烛光引路图仿佛也知道费博已经做完了他要做的事，忽闪几下有了动静，拉着福克丝从两根想要抓住她的树枝中间穿过。费博也跟了上去，歪歪一瘸一拐地走在最后面，海口则紧张地扑扇着翅膀在空中跟着他们。尽管有几次他们离树枝非常近，但引路图还是带领他们走出了枯夜树林，走进了森林中一片茂盛的灌木丛，这里的灌木生长得十分高大，置身其中甚至无法看见周围的大树。

绞杀藤缠绕着中空的树干，蜘蛛网像面纱一样挂在树上，地上长满蘑菇，仿佛腐烂的地毯。周围遍地是荆棘，福克丝在老家从没见过尖刺这么长的荆棘，雪白的尖刺看上去不像是刺，倒像是利齿。但引路图始终牵引着她前行，走向荆棘丛中的一处开口，仿佛一座洞穴的入口。

"在那儿，"福克丝指着开口说，"我们躲进那里面应该就安全了。至少今晚是安全的。"

费博点点头："我们可以躲在里面休息，而不被森林里的生物发现，等歪歪康复了再说。"

洞里差不多有一辆大型轿车那么大，只要歪歪低下头，洞里的高度足以让它一瘸一拐地钻进去。月光从荆棘丛的缝隙中洒下，落在他们身边，投下带刺的影子。福克丝发现身边长着一株被荆棘缠住的灌木，上面长着小坚果，样子跟她挎包里的瞌睡果有点像。她拿出鉴物勺，轻声说了句"拜托你了"，然后把勺子放在了坚果上方。

名称：黄昏灌木

特点：生命力顽强，只要一点点阳光就能存活

食用黄昏灌木果的风险：无风险，但味道发苦

福克丝摘下一颗果子咬了一口，跟千味果的味道差远了，而且吃完嘴里发苦，一点儿也不好吃，但毕竟能填饱肚子。由于太害怕，她并不觉得饿，但她知道他们必须抓住一切机会填饱肚子，否则谁知道前面会有什么样的危险在等着他们呢？于是福克丝、费博和海口吃起了坚果，连歪歪也跟着吃了一些——过了一会儿，他们发现一只萤火虫向他们的洞穴飞来。它飘在洞穴的入口处，在荆棘纠结的森林中仿佛是灯塔射出的一束光。

"金爪说过高巫会用萤火虫送信。"福克丝小声说道，心中燃起了一丝希望的火花。

费博的眼睛也亮了。"说不定这正是金爪送来的信，告诉我们它已经在路上，就要来帮我们了？"

兄妹两入神地望着萤火虫来回飞舞，明亮的荧光在黑暗中划下印记，拼成一个个单词，就像在夜晚挥动烟花棒那样。福克丝念出了信上的内容：

亲爱的福克丝和费博：

我是金爪。无论你们身在雨林之国的哪个角落，我都希望你们平安无事。

易奇被绑架之后，又有一些雨林之国的国民被暗夜怪抓走了，因此我已经通知所有人留在防御魔咒最强的木角村不要外出。但我们被困在这里，食物和水源都有限，因此国民的生死存亡和雨林之国一切生灵的命运，全部取决于你们能否在接下来的几天内找到长生蕨——否则莫格的黑魔法就会将我们永远吞噬……

你们要相信烛光引路图，它会指引你们走向正确的方向，而我相信，在雨林之国度过的这段时间会让你们明白这个道理：若你们与人合作，任务就会更容易完成，敌人也更容易击败。亮毛和我都对你们有信心，在你们寻找长生蕨的这段时间里，我们会竭尽所能保护木角村和涂绘员避风港不受莫格的黑魔法的侵害，只有这样我们才能在渡过难关之后把雨水送往远方世界。

现在你们就是我们唯一的希望。

金爪

萤火虫消失在夜色中，黑暗再次笼罩了他们，歪歪蹒跚地走到洞口，似乎是在放哨。

费博望着它说："它的姿态确实不算优雅，但它绝对是一头品格高尚的游翼兽。"

福克丝轻蔑地哼了一声："面对莫格的黑魔法，一头受伤的游翼兽能有什么用？"

费博认真想了想。"也许就像金爪在信中说的那样：如果与别人合作，就更容易击败敌人。"

费博说话的语气似与以往不同，福克丝不禁怀疑哥哥指的不只是歪歪而已。

游翼兽把头枕在前腿上，海口也在福克丝的挎包上歇息了。

躺在黑暗中的福克丝却睡不着。"金爪那封信究竟有什么用啊？"她半是抱怨地说，"除了告诉我们又有雨林之国的国民被抓走和时间来不及了以外，什么新消息都没告诉我们。"

费博背对着她，身体蜷缩着，似乎在保护胸前的公文包，但他听见了福克丝说的话。"也许写信不总是为了有用，"过了一会儿他又说道,"也许金爪只是想让我们知道我们并不孤独,它和亮毛都支持我们。"

福克丝没说话。从来没人支持过她,这个想法似乎非常特别。

他们再次陷入了沉默。整片白骨之地都陷入了沉默。令人心慌的寂静笼罩了周遭的一切。过了许久,费博终于说话了,在黑暗之中他的声音仿佛是一阵耳语。

"我累了,福克丝。"

福克丝本想回答说她也累得要命,但她知道,作为一名成功的商人疲惫将是寻常事,因此现在做这样的训练其实正合适。但话还未出口她就犹豫了,她哥哥的声音里有种特别的语气,让她暗自琢磨他说的话是否另有深意。

"我累了,我不想再为妈妈和爸爸做自己不愿意做的事,"费博轻声说道,"我不想再跟你竞争,不想每天都听妈妈和爸爸说我根本不是你的对手——说你才是那个会拯救佩迪 - 斯阔布商业帝国的人,因为你比我更强,"他顿了顿,"我不想每天睡醒之后都假扮成另一个人。"

福克丝几乎不敢相信自己的耳朵。她活到现在,父母一直在告诉她费博才是双胞胎中更优秀的那一个,说费博比她更聪明，比她更擅长撒谎，比她有天赋得多，而且费博才是那个能够挽救家族财富的孩子。从小到大她一直坚信自己毫无天赋，也没人喜欢自己。可如果费博现在说的是真话，那就说明父母一直在告诉他福克丝才是父母更看好的那个孩子，只是她不知道而已。

福克丝怔怔地望着黑幽幽的洞口。她知道，父母坚信只有竞争才能促成卓越的成就，可他们真的会仅仅为了佩迪－斯阔布家族的商业成就，就用如此显而易见的方式挑唆她和哥哥，让他们一辈子互相竞争吗？她和费博怎么会被这样的圈套蒙骗呢？她越想越怒火中烧。她知道父母一直不愿意给予她父爱母爱，难道他们对费博也是这样？这时，另一个想法盖过了她心中的怒火……如果这一切都是真的，那么也许她和费博还有机会成为盟友，而不是对手。

福克丝感到一种难以抑制的冲动，想要把内心深处最隐秘的秘密一股脑儿告诉哥哥：告诉他其实她也累了——她不想再践踏别人的感受，不想再承受来自父母的压力，不想再觉得自己做得永远不够好。但她心灵周围的那堵墙仍然巍然屹立，尽管她感觉那些话语就在嘴边，她却被沉默团团包围。想让一个被人欺瞒了一辈子的人重新开始信任别人，这太困难了。而且在福克丝看来，整个世界一向都在跟自己对着干，因此，当她终于真的听见善良、真诚的话语时，她并不能准确地分辨。

"我知道，我把这辈子的大部分时间都用来撒谎、搞阴谋了，"费博仿佛猜中了妹妹的心思，继续说道，"对你、对妈妈和爸爸、对所有人都一样。但我之所以撒谎是因为我太害怕说真话了——我怕爸爸妈妈发现我并不是做商人的料；怕他们发现我并没有能够大幅提升利润的秘密商业策划；怕他们发现我永远不可能拯救佩迪-斯阔布家族的财富；怕他们发现实际上在我内心深处，我根本不想挽救什么财富。"

福克丝听着他说的话，几乎不敢相信费博竟然终于对她说了实话。尽管他们从小形影不离，但过去她总觉得自己与哥哥疏远极了，难道他们实际上竟然如此相似？

"自从见到涂绘员避风港——"费博顿了顿——"我就在考虑，等这次寻宝结束以后，也许魔法王国里会有我的容身之地，也就是那里。在雨林之国我可以做自己擅长做、喜欢做的事情。在这里我会很开心的。"

福克丝皱起了眉头。刚走下来往往特快列车时，费博害怕得要命，现在他却在说什么留在雨林之国？他在涂绘员避风港究竟看见了什么，改变了他的想法？种种可能在她头脑中打转。不过，由于多年来费博一直以为福克丝表面不动声色，实际上却很狡猾，加上她今晚的举动也没有让费博改变这种印象，因此妹妹的沉默在他看来代表着轻蔑。

于是他叹了口气，转移了话题。"我们应该听从金爪的建议，合作寻找长生蕨。我们这样做是为了拯救雨林之国和在远方世界受苦的那些人，要是不这么做，你就要无家可归了。"

福克丝真希望能自己看见费博的表情，这样她就可以在他脸上寻找谎言的蛛丝马迹。尽管她发自肺腑地想要相信他，但她仍然无法甩掉多年来养成的撒谎和竞争的习惯。现在的情况肯定也是这样，这其实也是个花招——是费博耍过的最巧妙的花招——为了蒙骗她，让她以为自己跟她是一伙的，而实际上他正在秘密谋划，一旦找到长生蕨，他就会用最狡猾的办法出卖她。

福克丝听见费博在摆弄公文包上的搭扣。一想到公文包里的东西她就愤愤不平，那里面装着她哥哥的备用计划，是斯奎宝太太看好的计划。而福克丝只有长生蕨。被父母喜爱、珍视、不被逐出家庭——这一切都取决于她能否击败费博、把长生蕨带回家献给父母。

"你公文包里装的是什么？"福克丝戒备地问。

费博立刻停下了手上的动作，但没有转过身。

"少装作没听见。里面装的是什么？"

费博叹了口气："我想对你坦诚相待，福克丝。我好不容易把我的真实想法告诉了你，你却什么反应也没有，只是一言不发地听我说，现在你又揪住公文包不放。除非你告诉我你心里装的是什么，否则我也不会告诉你公文包里装的是什么。"

福克丝再次感到那些话就挂在嘴边，这是她意料之外的机遇。一种沉甸甸的情绪悬在兄妹俩之间，仿佛黑暗中一座隐形的小桥。福克丝很想告诉他，她最深的渴望就是拥有一个能跟自己在上学路上谈天说地、能在周末跟自己一起玩、能在假期里陪自己开怀大笑的哥哥。但是她想到假如自己对生活抱有别的期待，就可能会失去许多东西，这个想法在她心中膨胀，与害怕被费博出卖的恐惧交织在一起，于是她的心墙仍然屹立不倒。

黑暗中飘出了海口的声音。"信任就好比一根鞋带，"它轻声说道，"要用两只手才能系好。"

福克丝不确定鹦鹉说出的是谁的心声——也许是她自己的吧——但她知道她不能在这个时候放弃。多年来不受喜爱的感觉在这一刻阻塞了她的内心，无论她多么想相信费博她都做不到。

沉默再次笼罩了他们。

过了许久，费博叹了口气说："晚安，福克丝。"

沉默了一会儿，然后福克丝喃喃地说："晚安。"

过了一段时间，福克丝注意到哥哥的呼吸变得越来越沉重、越来越缓慢。她又等了一段时间，以确保费博和海口都睡熟了，然后她深吸了一口气。了不起的女商人向来只关注日程安排和工作目标，她们才不会浪费时间考虑别人的感受，更不可能理会突然决定友善待人的骗子哥哥。她悄悄起身，蹑手蹑脚地来到了歪歪身边。

福克丝并不是讨厌这头游翼兽，不过费博把所有玲珑浆都用在了这家伙身上，这确实让她很恼火。她更担心的是倘若歪歪跟她哥哥联手，就会对她构成威胁，而且他们之间似乎有种情感纽带，这让她很嫉妒。

有没有这种可能：在福克丝去愚人谷旁边查看时，费博和游翼兽共同做了秘密谋划呢？假如歪歪的腿其实已经痊愈，那么它随时可以驮着费博飞向天空，把福克丝留在白骨之地让莫格处理她。她不能冒着这个风险把它留在身边，恐惧和怀疑吞噬了一切想要与哥哥和好的念头。不仅如此，面对黑魔法，歪歪根本没法保护他们，它也还不能飞。现在是时候先下手为强，抢在哥哥对她做出同样的事之前采取行动了。

福克丝凑到游翼兽耳边低声说："我知道从表面上看费博既正直又善良，但他是远方世界最厉害的撒谎大王。他还因为撒谎得过奖牌和奖杯呢，"她为自己编的谎话直皱眉头，"所以依我看，他之前说的那些帮你治腿伤的花言巧语全都不是真的。他确实给你用了玲珑浆，但那只是因为他想利用你找到长生蕨。一旦你对他没有用了，他就会毫不犹豫地把你甩掉。"

歪歪侧着头望着福克丝，眼神渐渐变得悲伤起来。

"假如我是你，"福克丝继续低声说道，"我就会穿过愚人谷上那座桥，回到你原本生活的、更安全的地方去，不让费博把你牵扯进桥这头各种各样的麻烦事里。"

游翼兽看看福克丝，又看看熟睡的费博，然后再次回头看看福克丝，仿佛在犹豫。接着它站起身，低垂着头，看样子似乎很想留下。也许它真的相信自己能保护这对双胞胎，哪怕它要为此冒很大的风险，而且现在跛了一只脚。福克丝不禁怀疑自己这样做究竟对不对。但她很快便转念想到假如费博跟游翼兽联手出卖了自己，把她丢在白骨之地，她会是怎样的心情。

"快走吧！"她压低声音说，"回家去。"

　　歪歪一瘸一拐，默默地走出了洞口，福克丝望着它缓步消失在夜色之中。

　　就这样，在这个夜晚福克丝和费博失去了一位盟友，一位对他们来说至关重要的盟友。由于在白骨之地，莫格的爪牙不仅仅有猴子，在这里她还用黑魔法控制了许多其他动物，让它们都按她的命令行事。离双胞胎藏身的荆棘洞口不远的地方有一窝有毒的猪鼻蛇，它们便是其中之一。它们感知到了来自远方世界的孩子，此刻已经蠢蠢欲动，獠牙中满是毒液。

第十四章
费博变成树懒了

日出时分，福克丝睡醒了。或者说她推测那个时候是日出。天色比前一天夜里要亮些，但白骨之地的黎明看起来跟愚人谷另一侧全然不同。在沟的另一侧，金色的阳光被树冠层切碎，从缝隙射向地面，然而在这里，照在森林地面上的阳光灰蒙蒙的，淡薄如水。雨滴敲打着荆棘洞口外面的地面，福克丝的思绪飘向了歪歪。它是否已经一瘸一拐地穿过吊桥，踏上了返回木角村的旅途呢？抑或它已经被莫格的暗夜怪抓住了？内疚感在她心中摇摆不定。

费博坐起身，揉了揉眼睛："歪歪呢？"

福克丝耸耸肩，尽量摆出不知情的表情："肯定是溜达到别处去了。"

费博手脚并用爬到洞口向外面张望。"歪歪？"他小声呼唤，"你在哪儿？"

寂静中只有雨滴滴答作响。

费博等啊等啊，终于明白游翼兽已经离开了他们，他责问妹妹："肯定是你对它说了什么，对不对？是你把它逼走的！"

旁边传来一声尴尬的嘎嘎声。"海口觉得荆棘洞里的气氛让人有点儿不舒服。"

福克丝紧紧握着烛光引路图，地图正拽着她往洞口的方向走，她装作没听见哥哥和鹦鹉说的话。

费博抓住妹妹的肩膀用力摇晃了几下。"你到底做了什么啊，福克丝？歪歪是我们的朋友！在气鼓鼓药房外面是它救了我们！它本可以在白骨之地保护我们的！"

福克丝抖落了费博的手。"保护你还差不多！但我可不是傻子，费博。一旦找到长生蕨你们两个肯定会立刻把我甩掉。你们早就商量好了！没想到吧，你们的计划被我打乱了！"

费博把双手往空中一扬。"到底要我说什么你才会相信我啊，福克丝？昨天晚上我说的都是真心话，可你却这么固执，这么封闭，根本听不进去！这一路上我一直在努力跟你合作，希望能改进我们的关系，同时拯救雨林之国，可你好像只想着怎么把事情搞砸！要是雨林之国和远方世界都毁灭了，那肯定都是你的错！你难道没听见金爪是怎么说的？这里的雨露画卷、这里的魔法在我们的家乡根本没人知道！这不是什么为了挽救一家人财富的破竞赛。拜托你把眼光放长远点儿：找到长生蕨是为了拯救全世界和世界上的每一个人！"

他一把夺走妹妹手里的烛光引路图。"我不能再让你碍我的事了。从现在起，我说了算！"

福克丝气得满脸通红。费博竟敢这样对她说话！她就知道自己不该相信他已经转变了想法。现在的状况恰恰证明她哥哥跟以前没两样，因为他现在就——再一次——觉得自己什么都比她强。

"你休想说了算！"福克丝大喊一声，"金爪把这张地图给我了！"她伸手抓住地图猛地一扯，地图发出响亮刺耳的撕扯声。福克丝低头望去，烛光引路图的一半在她手里，另一半则在费博手里。

"你——你把它撕坏了！"费博倒吸了一口气，瞪大的眼睛里满是震惊。

福克丝的心通通直跳。"要不是你把它从我手里抢走，怎么会发生这种事！"

她望着撕成两半的羊皮纸，上面不再闪烁着银色的字迹，不再写着"鬼影殿"，也不再往任何方向拉扯她。它们只是两张空白的羊皮纸，其中曾经蕴藏的魔力此刻已经彻底消失。

海口垂下了头。

"这可是我们寻找长生蕨的唯一办法啊！"福克丝大声说。

她瞥了一眼费博的公文包。虽然他嘴上说这次寻宝要"把眼光放长远"，而不仅仅是为了挽救家族财富，可实际上他正得意得很，因为即使他们找不到长生蕨，他还有这只公文包里装着的宝贝。跟往常一样，费博再次占了上风。

流泪的冲动涌上福克丝心头，这时她想起了自己挎包里装的东西。看来费博不是唯一有备用计划的人……她把手伸进挎包，摸到了那颗凤凰之泪。假如她把这颗小宝石拿出来，它会不会像在远方世界那样隐隐地跳动、颤抖呢？这颗宝石是她现在唯一的出路。这时，她的手指碰到了瞌睡果……费博撕坏烛光引路图，破坏了其中的魔法，这让福克丝气得火冒三丈，来不及认真思考自己接下来的举动。她没多想假如哥哥陷入沉睡自己就会孤身一人深入白骨之地；没多想或许费博说的是实话，他们必须兄妹联手拯救世界；没多想自己也许即将犯下一个巨大的错误。福克丝满腔怒火，她只想尽快解决掉自己的竞争对手。

她趁费博向别处张望时悄悄拿出了瞌睡果，接着开始从身边的黄昏灌木上摘果子。她塞给哥哥一把果子，那颗瞌睡果就藏在中间。两种果子长得几乎一模一样，根本看不出其中藏着一颗别有风险的果子。

"要是不吃饭，"她气呼呼地说道，"恐怕我们只有死路一条了。"

"好吧，"费博嘟哝了一句，"不过我们必须尽快做计划——越快越好——因为用不了多久莫格手下的暗夜怪就会找到我们的。"

费博闷闷不乐地吃掉了那把果子，福克丝心跳加速，悄悄地观察他。瞌睡果会立即生效吗？她哥哥会不会忽然身子一软开始打呼噜，等到一个月后才醒来？但愿到那个时候她已经找到长生蕨回到家里，获得了最终的胜利。

费博打了个哈欠，摇摇头，接着又打了个哈欠，福克丝不由得屏住了呼吸。

"真奇怪，"费博说着，用力眨眨眼，想把眼睛睁开，"我好

172

像——"说着他又打了个哈欠——"忍不住想睡——"

没等他把话说完，奇怪的蓝色亮片从他嘴里流了出来，在他身边飞舞。

海口咂咂嘴："海口突然感到非常担心！"

"这是怎么——怎么回事？"费博惊叫一声，连忙去摸自己的嘴。

亮片越来越多，围着费博打转。福克丝的脉搏仿佛在敲鼓。她哥哥，一个本来实实在在的大活人，在模糊的亮片的围绕下突然变得如像一缕虚无缥缈的青烟，他的声音变成了含混不清的呼喊。这时，福克丝突然心里一惊，恍然大悟，她想起自己在树屋里只读了鉴物勺对瞌睡果解释内容的一半。大多数情况下，使用者会沉睡一个月，鉴物勺是这样说的。不过在那之后还有文字，在少数情况下……只是她没读完，因为费博打断了她。福克丝心头一紧，望着蓝色的亮片在哥哥身边旋转飞舞，把他困在魔法的旋涡之中。福克丝咬住了嘴唇。她究竟干了什么好事啊？

突然，只听"扑通"一声，费博的公文包上的搭扣弹开了，那声音仿佛一堆煤灰在烟囱里往下掉，最后落进了壁炉的炉膛，公文包里的纸在荆棘洞里上下翻飞。接着，在福克丝的注视下，旋转飞舞的蓝色亮片渐渐消散，她惊恐地望着哥哥的身影开始变形。他变得越来越小，非常小，并且身上长出了许多毛，直到完全失去了男孩的样子。

他变成了一只毛发乱糟糟的棕色小树懒。

若不是那只树懒正用费博的眼睛望着她，福克丝准会坚信瞌睡果把她哥哥彻底变没了。现在那双黑色的大眼睛长出了一圈黑眼圈，周围还长满了毛。

海口眨眨眼睛，树懒也眨了眨眼睛，福克丝惊恐地双手捂住了嘴。

树懒仔细看着自己圆滚滚的肚子，又把长着长指甲的爪子翻过来看了看，仿佛它也跟福克丝和海口一样不敢相信刚刚发生的事情，接着它抬起头望向散落在洞里的那些原本装在公文包里的纸。当福克丝也把目光投向那些纸的时候，她惊讶地瞪大了眼睛。那些纸上并非如她预料的那样写满数字、图表和复杂的表格，与宏伟的商业计划更是毫无关系。上面画满了画，那些画不仅仅是"好看"而已，而是美得令人难以置信。

有风景水彩画：费博在比可赖宅的卧室邸眺望伊萨尔河的风景；他们上学路上种满行道树的那条路；挺括宾馆顶层套房的内部装潢。有用油彩画的果盆、家具和日落。还有用炭笔画的人像速写：一对老夫妇在公园里遛狗；他们家附近那间面包房的店主正在揉面；还有——福克丝哽咽了——一张她和费博的画像。他们走在慕尼黑的维特尔斯巴赫桥上，穿的不是配套的西装，脸上也没有怒容。他们穿着牛仔裤和套头毛衣，脸上带着微笑，甚至像是在开怀大笑。福克丝的心墙颤抖了。

费博想要说话，却只能发出一种介于吱吱叫和咩咩叫之间的声音。一滴泪水打湿了他毛茸茸的面颊。

这时福克丝才明白，原来昨天夜里费博说的确实是实话。他真的厌倦了与她作对，假装成另一个人。现在，通过这些画作，福克丝才第一次真正看清了哥哥。他是个未来的画家！也许费博原本盼望着将来靠画画谋生，但他还是跟随福克丝踏上了来来往往特快列车，因为在他内心深处知道公文包里的那些画也许卖不了多少钱，可是想不出真正能挽救财富的商业计划，他就不能回到挺括宾馆，否则他就会被送到南极去。因此，在过去的这些天里，福克丝一直担心费博的公文包里装着的备用计划是他最终战胜她的撒手锏，而实际上费博只是在保护自己最心爱的东西，不动声色地追寻自己的理想，同时提防着别人发现他的秘密。

现在一切都说得通了。福克丝想起了火车上的依偎椅。费博的椅子变成了一张公园里的长椅，因为那个地方最适合画速写，观察周围的环境和路过的行人。除此以外还有金爪向他们介绍涂绘员避风港时费博那入迷的样子，以及昨天晚上他说的想要留在雨林之国的那番话——"做我擅长做的事情"。雨林之国的国民们以画画为生——怪不得费博认为这里会有他的容身之地！有这么多的蛛丝马迹，福克丝却坚信哥哥是想战胜自己，因此完全没有察觉。

她愤愤地回想起自己哭着入睡的那些夜晚，因为父母告诉她费博处处都比她更强、更受父母喜爱，而实际上，就在同一幢房子里、走廊的另一头，他的哥哥也在为同样的事情担心。他们对此都毫不知情。直到现在。

她跪在小树懒面前，捡起了那张她和费博的画像。泪水模糊了她的眼睛，她那堵看似坚不可摧的心墙也开始颤抖。在家时福克丝数不清有多少次把脸埋在枕头里默默哭泣，但此刻她哭泣时，她感觉自己熟悉的那个世界开始瓦解。原来费博跟她一样，心中也曾充满渴望——渴望追寻自己的梦想，渴望被父母疼爱、跟妹妹一起开怀大笑。多年来，福克丝也一直暗暗渴望着这些东西，但她太要面子也太胆小，因此不敢承认。

"我究竟做了什么？"她抽泣着说，"噢，我究竟做了什么啊？"

福克丝望着哥哥，感到自己生活的世界发生了翻天覆地的变化。她曾经认为无比重要的事情接连瓦解，此刻她才看清这场寻宝探险的本质，才明白了费博见到金爪之后便明白的事情。这不是场小家子气的寻宝探险，只为了给某个家庭赚钱，或者为了赢得父母的喜爱，而是一项迎难而上拯救世界的任务。因为无论父母向她灌输了怎样的想法，现在她明白了，在她的家乡因为严重的干旱而痛苦不堪的那些人不是无关紧要的，在这里受莫格摧残的人们也同样不是无关紧要的。到头来，践踏别人的感受不会为你带来任何成就，只能把你跟刚刚被你变成了树懒的哥哥一起困在荆棘洞里。

在这一刻，福克丝心灵周围的那道墙终于倒塌了，砖石一块接一块轰然掉落，直到她的心完全暴露在外，疼痛不已、伤痕累累、充满悔恨。她哭啊哭，多希望能够收回自己对费博做的事，却不知该怎么办。小树懒也在哭，海口则很知趣，没有大张旗鼓地说出每个人的心声，因为此刻洞里的情绪再清楚不过了。

"我对不起你，费博，"福克丝吸了吸鼻子说道，"我很生你的气，于是就给了你一颗魔法坚果。这颗果子本该让你睡着，这样我就可以出发去找长生蕨。但它肯定有某种副作用，这才把你变成了……"她的声音渐渐变弱了，"我应该相信你的，只是——只是有太多事情阻碍了我。而我之所以没告诉你其实我也很累、很难过，是因为我以为你在骗我。我本该相信你的！"

这些话一股脑脱口而出。说来也怪，对树懒说话比对人说话容易得多。树懒的毛似乎软化了气氛。另外树懒不能答话——这一点也很有帮助。

"你看上去总是那么自信，对自己和自己的计划都充满了信心。"福克丝抽泣着说。

树懒叹了口气，海口感觉现在正是帮忙的好时候，便跳到了福克丝的肩膀上。"费博在想，他其实对自己根本没信心。他希望你知道他有多害怕、多孤独。"

福克丝望着小树懒，咽了一下口水说："妈妈和爸爸总是告诉我，你才是那个能够挽救家族财富的孩子，不过看来他们对你则会说是我。原来我们一直都被他们蒙在鼓里，费博。"

树懒的眼睛里含着泪水。

"也许你不像表面看上去那样自信，"过了一会儿福克丝对哥哥说道，"但你很有才华，费博，"她望着他画的那些画，"真的很有才华。不像我，我只会把事情搞砸。"

树懒悲伤地伸出一只爪子搭在福克丝膝头，福克丝被它碰到时畏缩了一下。尽管哥哥已经变成了树懒，但是他伸手安慰她还是让福克丝觉得很不自然。不过，搭在她膝头的那只爪子让她感受到了某种善意与希望。

海口凑到福克丝耳边说："费博想告诉你，无论发生什么，他都不会离开你。他仍然相信你们是一个整体，应该合作寻找长生蕨。"鹦鹉说完，挺直腰杆用更响亮的声音说道："尽管海口很乐意看见大家认识到自己的错误，彼此和好，但它认为我们应该尽快行动起来，去找长生蕨和易奇，现在就走。"

福克丝思考着接下来的任务。他们没有引路图，火花和深燧也不会来帮助他们，但他们还有凤凰之泪，它在绝望的境地里给了他们一线希望。福克丝从挎包里拿出凤凰之泪，树懒惊奇地眯缝起眼睛打量着它。

"我们可以用这个寻找长生蕨，费博，"福克丝热切地说，"之前在活索路上我撒了谎。我其实没把凤凰之泪弄丢。它一直都在我的挎包里！而且，如果长生蕨真的像大家说的那样富有魔力，说不定我们不仅可以用它拯救世界、让一切恢复原来的秩序，还能把你变回人形。"

福克丝举起那颗凤凰之泪，但它既没像在远方世界那样跳动、闪烁，也没像引路图那样往某个方向牵引她。她等了一会儿以免错过宝石的暗示，但是什么动静也没有。宝石只是静静地躺在她手里，表面看去毫无魔力。

福克丝垂下了肩膀。不仅她本人一点才华也没有，看样子甚至他们手里连一点残留的魔法也没有，这样下去他们怎么可能拯救世界呢？她想起自己在家里看见的新闻报道：第三世界国家里骨瘦如柴的孩子聚在干涸的水井周围；干枯的热带草原上已经没有野生动物；战争把村庄撕裂。过去她对这些事视而不见，让自己的心变得坚硬而冷漠，因为她愚蠢地以为这些事情都与她无关，以为身为佩迪－斯阔布家族的一员就意味着不必去关心那些不如自己幸运的人。

然而实际上，世界上的每件事、每个人都是联系在一起的。杜奇·草药思尼斯知道植物与他们密不可分，因此他告诉兄妹俩是植物让魔法王国和远方世界保持了生机。金爪知道雨林之国的魔法生物与他们密不可分，因此它告诫兄妹俩一定要对它们礼貌有加。费博在探险旅途中明白了这个道理，因此他才劝说福克丝与自己合作，挽救所有遭受莫格摧残的人。

现在福克丝也明白了这个道理，泪珠从她面颊扑簌簌地滚落，滴在挎包上。她转头望着自己的同伴，树懒看上去十分忧伤，海口似乎也很紧张，虽然是它提出要尽快动身，但它却迟迟不愿踏出荆棘洞。福克丝狠狠地擦去泪水，她过去接受的教育是只有单打独斗才能成功，而不是由鹦鹉和树懒组成的鱼龙混杂的寻宝队，不过现在她要证明这种说法跟父母教给她的大多数道理一样，都是错的。

福克丝深吸了一口气："好了，我们必须想办法拯救世界，而我们手里有的只有一面画皮镜和一把鉴物勺。"

树懒点点头，海口也点了点头。

"我觉得我应该有把宝剑之类的东西，"福克丝说，"或者至少也该有副护膝或者拳击牙套，"她看了看树懒，"怎么办呢，费博？我们必须找到鬼影殿，但我们根本不知道该从哪里下手……"

树懒亮晶晶的眼睛望着福克丝，她不禁觉得树懒有话想对她说。好在海口及时伸出了援手。

"费博认为你应该往北走，深入白骨之地，因为烛光引路图好像认为长生蕨在那个方向。还有，你要小心提防莫格的暗夜怪，但是如果你遇见跟雨林之国一伙的魔法生物，就应该对它们友善些，而不是践踏它们的感受，"海口顿了顿又说，"费博还认为，当海口飞累了的时候，你应该让它落在你的肩膀上休息一会儿。"

树懒狐疑地扬起一边的眉毛，仿佛在说鹦鹉自作主张添加了一些内容。

福克丝无奈地笑笑："海口，你要是累了可以随时落在我肩膀上。"

鹦鹉开心地抖抖羽毛，福克丝收起费博的画，跟凤凰之泪、画皮镜和鉴物勺一起装进了自己的挎包。然后她一把扯下脖子上的领带扔在了洞里——她本来就觉得领带跟这身羽毛短袍搭配在一起不太合适。她爬向荆棘洞口，想要理清头绪。她已经不再是一名商人，但她仍然是个不达目的誓不罢休的人。因此为了全世界也为了世界上的所有生灵，她要尽最大努力把这件事办好。

洞外的树林里弥漫着雾气，浓重的迷雾低悬在空中显得十分阴森。不远处传来嘶嘶的奇怪声响，福克丝听见了不禁汗毛倒竖。可是当她竖起耳朵仔细辨认那声音时，森林里却又异常寂静。她回头望去，看见海口已经蹦蹦跳跳地跟上了她，但不出她所料——费博只能以小树懒的速度移动，爬得很慢，慢到看不出他究竟动了没有。

福克丝迟疑了一下，然后抱起了树懒。她过去从没跟哥哥拉手、拥抱过，实际上她没拉过任何人的手，没拥抱过任何人。但她心里清楚，要是她现在不帮费博，他根本不可能跟上他们。于是，福克丝有些害羞地把小树懒抱了起来。树懒用充满希望的眼神望着她，福克丝尽了最大的努力才忍住即将夺眶而出的眼泪。打破心墙、善待他人的后果就是只要一点小事就能让她感动得流眼泪。

她把哥哥放在自己背上，费博伸出毛茸茸的双臂搂住她的脖子，两只小爪子在她下巴底下紧紧地彼此握住。茸毛蹭着福克丝的皮肤，她微微一笑，这不算是拥抱，但这种温暖而安全的感觉正是她想象中与人拥抱的感觉。

就这样，尽管福克丝在雨林之国犯了不少错误，但是在她走出荆棘洞、踏入迷雾中的那一刻，她坚信自己做对了一件事情，那就是与哥哥合作。在这片充满黑魔法的森林里，有哥哥在自己身边——或者以目前的情况来说在自己背上——她希望胜负局面会因此而改变。

第十五章

说谢谢的感觉很不错

福克丝向白骨之地深处走去，在枯死的树木和腐烂的植物之间穿梭前行，海口飞在她前面几米远的地方。周围的迷雾那样浓重，以至于福克丝有时会怀疑鹦鹉是否已经彻底飞走了，但它最后总会重新现身，为灰暗的迷雾增添一抹亮色。雾气越来越重，后来福克丝甚至连脚下的路都看不见了。她感到树懒搂住她脖子的小爪子也绷紧了。

"海口，"福克丝小声呼唤，"你在哪儿？"

回答她的不是嘎嘎的鸟叫声，而是一阵嘶嘶声。那刺耳的声音拖着长声，仿佛一根针划破了迷雾。

福克丝连忙后退一步。嘶嘶声又响了，声音离她很近，仿佛在刮擦她的耳朵，福克丝听见声音连忙快步躲到旁边，却没想到正中了发出声音那东西的下怀。

福克丝脚下的地面塌陷了，她惊叫一声向下坠去。所幸没落得太深，因为她伸手抓住了两把杂草，悬空吊在了一个大土坑上方。她抓着土坑边缘的杂草，树懒则使出浑身的力气抓着她。

嘶嘶声再次响了起来。

福克丝鼓起勇气向下瞥了一眼，顿时后悔了。她身下的土坑里满是毒蛇。数不清的毒蛇彼此交织，鳞片上布满花纹，每条蛇都吐着抽动的信子，仿佛一大堆缓缓滑动的铁链。但真正让福克丝满心恐惧的是她发现那些蛇一条接一条地抬起头，龇着黑色的毒牙渐渐向她的双脚靠近。

福克丝拼尽全力想把自己拉出土坑，但她抓住的杂草十分湿滑，而且已经腐烂，每向上爬几厘米杂草就会断裂，她必须换一簇重新抓住才不会跌进大坑。

"海口！"她喘着粗气呼喊，"我需要你的帮助！你在哪儿啊？！"

但鹦鹉却不见了踪影，也许它飞到前面离他们太远的地方，没听见福克丝的呼唤。

　　福克丝挣扎着抓紧杂草，毒蛇的信子离她越来越近，但无论她多么用力都无法爬出大坑。嘶嘶声越来越响，惊恐攫住了福克丝的全身，她恐惧地瞪大双眼，能做的只有紧紧抓住杂草。若不是背上的小树懒紧紧地搂着她，只怕她已经放弃，任凭自己落进深坑了。但她还在坚持，甚至在第一条毒蛇的毒牙咬向她裸露在外的脚踝时她也没有松手。

　　福克丝惊呼一声。不是因为疼，而是因为一种沉重的感觉在她腿上蔓延开来。毒蛇的牙沾满了毒液，这再清楚不过了，然而这种毒液的功效似乎是把她的脚变成了——福克丝低头望去——石头！

　　这时海口来救他们了。福克丝刚刚掉进深坑时它就听见了她的尖叫声，第一条毒蛇咬住她时海口也听见了她的惊叫。那时它正在向高空飞，它壮起胆子，飞到尽可能高的地方，以便为自己的突袭增添一份速度与力量，因此当它终于从天幕俯冲下来时，它已经化作一团在怒火的驱使下疾驰的羽毛和利爪。

　　鹦鹉厉声大叫，用翅膀抽打毒蛇，用利爪抓挠它们的鳞片，使出最大的力气猛啄。幸运的是，毒蛇咬中福克丝的时间很短，毒液中蕴藏的魔咒不足以永久生效，她再次低头看去，发现腿已经恢复了原样，不再是石头，而是皮肉。海口的救援行动激励了福克丝再次尝试爬出深坑。

她铆足劲再次往上爬，整个雨林之国最爱打探别人心思的鹦鹉竟然在为她而奋战，仿佛她的安危并非无关紧要，仿佛她是个值得为之奋战的人，这个念头令她精神振奋。

福克丝奋力爬出了深坑，不假思索地拔腿就跑。海口跟在她身后。鹦鹉失去了几根羽毛，但它还活着，而且没有遭到毒蛇的攻击，树懒还趴在福克丝背上，他们三个就这样大步跑过森林，尽可能把毒蛇坑远远地甩在身后。就连她感到自己的脸被掐了一下的时候，福克丝也没有停下脚步。

"哎哟，"福克丝气喘吁吁地跳过一棵倒在地上的树，继续往前跑，"费博，你掐我干什么？"

海口答话了。"费博想提醒你，感谢海口刚才英勇无比地救了你。"

福克丝咬住了嘴唇。想要拯救世界，需要记住的事情真不少啊：要保命，要快跑，还要感谢别人救了你的命。

"谢谢你，海口，"福克丝气喘吁吁地说，"刚才你在那个坑里真是太英勇了。易奇要是知道了一定会为你感到骄傲的。"

福克丝不习惯对人表达感激之情，但令她惊讶的是说谢谢的感觉其实很不错，跟她想象中软弱的感觉完全不同。她不禁琢磨，若不是她正忙着逃命，也许现在正是击掌、握手甚至拥抱的好机会？下次有人挺身而出救出她的时候，她一定要记得试一试。

不过海口听见她的赞扬显得十分高兴，它开心地打着转，在他们前面不远处飞行。福克丝则匆匆穿过灌木丛，继续向白骨之地深处前进。尽管同时背着树懒和挎包跑步有点儿笨重，她还是很庆幸有哥哥的陪伴。有他在，这场寻宝旅途变得不再那样孤独、那样恐怖了。

毒蛇没有像福克丝担心的那样追上来，但她听见它们嘶嘶的声音飘向迷雾之中。那声音在她身边盘旋了一阵才向远处飘去，她这才意识到那声音中隐藏着词句，是说给其他人听的：

"我们把嘶嘶的消息传给女王，

告诉她我们亲眼所见的景象。

远方世界的女孩闯进了我们的家：

时候已到，莫格，快出动吧。"

福克丝用手捂住耳朵快步跑过树林。"它们是在叫莫格来抓我，对不对？"

海口扑扑翅膀落在她肩上，没有说话，福克丝也没有挥手赶它走。女孩和鹦鹉心里都很清楚，莫格很快就会来抓他们，他们无论如何都不能分开。

福克丝继续往前跑，但种种疑虑不停地在她头脑中打转。她没做计划——起码没有像样的计划——那她和同伴们怎么有希望找到长生蕨呢？她心中不安，想起了金爪在涂绘员避风港说的那番话："不要迷路，不要上当受骗，吃下去的每样东西都要留神。"她骗费博吃东西时不够小心已经犯了错，现在的情况更是清晰得可怕——她彻底迷了路。白色的雾气弥漫在树木间，遮蔽了她眼前和身后的路。福克丝觉得头晕目眩。她跑了多长时间了？究竟有没有前进一点呢？

"依我看，我们很可能是在原地绕圈！"福克丝高声呼唤海口。

树懒依偎着她的颈窝，仿佛在督促妹妹继续前行，福克丝不停地往前跑，因为另一个选项——等着莫格和她的暗夜怪来把他们消灭掉——是她想都不敢想的。雾气稍微变得稀薄了些，福克丝发现自己能够略微看清周围的地形了。她所在的地方是条小路，通向一条更加宽阔的路，道路两侧光秃秃的枯树笼罩

189

在她头顶，仿佛牢笼的栏杆。树干上用钉子挂起许多镶金边的镜子。

福克丝匆匆走过时向镜子里瞥了一眼，不禁被镜中的景象吓了一跳。镜子映出的是她的脸，恐惧的神情无可掩饰，但镜子中的福克丝比实际的她更老。非常苍老。她皮肤发灰、松垂凹陷，她驼着背，乱蓬蓬的头发变成了灰白色。福克丝连忙抓起辫子拿到面前查看，见自己的头发还是那样浓密鲜红，这才放心地松了口气。那些镜子在撒谎，它们显然是想蒙骗路过的人，让他们以为自己已经在迷雾中迷失了许多年。福克丝打了个寒战，加快脚步走过了最后一面镜子。

这时树干周围出现了一块块石头，黑灰色的坚硬石块冲破土壤，立在树干周围的地面。福克丝凑近细看，只见长方形的石板上刻着字。

"是墓碑。"她喃喃地说。

海口飞落在福克丝肩上，打了个寒战。"海口认为明智的作法是不去读那些不吉利的植物上刻的字。"

但福克丝无法将目光移开，因为在她面前是一块刻着她名字的墓碑。

纪念无人喜爱的

福克丝·佩迪－斯阔布。

在这一天，她死于厄运甲虫的撕咬。

她终生不受人喜爱，既孤独又无能。

福克丝忍不住抽泣起来。"就连植物都知道我一事无成，还预言我到死也找不到长生蕨。"接着她倒吸了一口气，搂着她脖子的树懒也僵住了，因为他们看见了福克丝旁边的那块墓碑：

安息吧，

费博·佩迪－斯阔布。

在这一天，他被暗夜怪咬死了。

他被困在阴间，永远都是一只树懒。

福克丝抬起一只手握住树懒的爪子，哭着说："它们觉得我不可能把你变回人形了！"

海口哑哑嘴："海口知道永远不要相信黑魔法，也别让它往自己心里去。"

可是当他们走过下一块墓碑时：

纪念没人喜爱的

鹦鹉海口。

在这一天，它被一条巫鳄咬死了。

它让自己最好的朋友易奇失望了，永远也没找

到他。

鹦鹉伤心得泣不成声。"到死也没找到易奇？！"它哀号着

说，"哦，只是这样想一想，我毛茸茸的心都要碎了！"

趁海口的情绪还没彻底失控，福克丝抑制着自己焦躁不安

的心情加快了脚步。他们在树木间穿行，树枝上悬垂的不是花

苞和树叶，而是叮当作响的小骷髅头。福克丝竭力不去理会它

们，她紧盯着脚下，尽力平复自己的情绪，这时她发现小路分

出了岔路。她伸长脖子张望，发现在前面不远的地方小路再次

分出岔路，绕回了老路上。她向树林中四处张望，发现周围有

十几条岔路，全部通往不同的方向。这是一座岔路迷宫，她根

本无从分辨哪条路才是正确的。

海口依然站在福克丝肩头，它转头对树懒说："费博，请你

思考得大声一点，这样说不定会对我们有帮助。"

福克丝站在原地等待，海口则站在她肩上等待。过了一会

儿，鹦鹉说：“费博没法帮我们走出迷宫，福克丝，但他希望你记住，大家都对你有信心。我亲爱的易奇、金爪、杜奇·草药思尼斯——更不用说还有费博自己，以及全雨林之国最了不起的鹦鹉。所以请你相信自己，选择一条路吧。”

福克丝回想起初次见到易奇时的场景，他见到福克丝和费博来到雨林之国时多么充满希望、多么激动。她回想起金爪派萤火虫送来的信，说它和亮毛都对她有信心。她回想起杜奇告诉她最终一定会找到长生蕨。她回想起哥哥在荆棘洞里把爪子搭在她膝头，告诉她自己永远不会抛弃她。她还想起鹦鹉海口如何从毒蛇口中救了她一命。这让她比先前多了一点点勇气。

福克丝抿紧双唇，长长地出了口气，然后选了一条路，心里盼望着它能通往北边。然而沿着那条路走得越远，雾气就越浓重，她心中的怀疑也越来越强烈。

“我觉得我们又往南走了！”福克丝大声说，“这样根本不可能分清哪边是北嘛！”

她突然停下了脚步。附近传出阵阵声响，是一种慌乱、抖动似的声音，随之而来的还有短暂清脆的叮当声。福克丝闪身躲到树后，跟海口一起探头张望。看着看着，福克丝皱起了眉头。不远处有棵早已腐烂的枯树，树枝上吊着十几只笼子，悬挂在迷蒙的雾气中，每只笼子有鞋盒大小，笼子上的栏杆又细又密。栏杆之所以这样细密，是因为关在笼子里的囚犯是蝴蝶，上百只长着玻璃翅膀的小生灵正拼命地想要挣脱牢笼。

福克丝望着它们，只见蝴蝶不断地用翅膀拍打笼子的栏杆，却无法逃走。

"海口曾经见过玻璃蝴蝶迁徙时飞越雨林之国的景象，但它从没见过它们被黑魔法困住的样子，"它压低声音继续说道，"在魔法王国，把长翅膀的生物关起来就是犯罪。"

福克丝望着蝴蝶反复扑向笼子的栏杆。"也许莫格手下的暗夜怪就是这样对付不小心闯入白骨之地的动物的，"福克丝低声说道，"把它们抓起来，然后带去莫格藏身的地方，这样她就可以盗取它们的魔力……"

福克丝心里很清楚自己必须尽快完成任务，但内心深处的某个念头让她犹豫了。若不是当天早些时候她心灵周围的那道墙倒塌了，这个念头此刻绝不会在她心中激荡。

"我们得把那些蝴蝶放走。"她对海口和费博说。

尽管他们都很害怕，但鹦鹉和树懒都点了点头。

福克丝也充满了恐惧。她真正想做的是再找一处荆棘洞钻进去藏起来。但那些蝴蝶需要她的帮助，而正如费博强调的那样，在她寻宝的旅途中，她必须跟雨林之国的魔法生物合作。

　　她蹑手蹑脚地从藏身的大树背后走了出来，尽管对她因为恐惧而颤抖的手指来说开门的动作十分烦琐，但她还是一个接一个打开了笼子上的小门闩，蝴蝶一只接一只地飞向空中。蝴蝶的玻璃翅膀华丽动人，在阴暗迷雾的映衬下仿佛银亮的月光，但蝴蝶重获自由之后并没飞走，而是纷纷聚集在福克丝身边。它们扇动翅膀时，她感到一阵轻柔的气流拂过自己的皮肤。接着，蝴蝶不约而同地向同一个方向飞走了，飞向一条岔路上空。

　　起初，福克丝以为它们肯定是在往向愚人谷的方向飞，但蝴蝶总是停下来回望她，仿佛是在看福克丝有没有跟上它们，她不禁猜测蝴蝶会不会是想为她指路，让她走出这座雾气迷宫。难道它们跟泥沼怪和游翼兽一样，都知道福克丝和她的伙伴们有任务在身，它们必须尽最大的努力帮助他们进一步靠近长生蕨？

　　她驮着海口，几乎是头晕目眩地追随着蝴蝶向前跑，努力不去理会背上越来越重的树懒和挎包。归根结底，她现在背着一只树懒是她自己的错……蝴蝶不时调转方向，轻快地飞过倒下的枯树，从悬空的藤蔓下钻过，迷雾终于彻底消散，福克丝发现自己来到了一片宽阔的沼泽边缘。

雨已经停了，沼泽中的水颜色发灰，像镜面一样平静。福克丝抬头望去，尽管此时最晚不过是正午，但她头顶的天空被云层笼罩，一切景物似乎都只剩下黑白两色。但冲破迷雾后她觉得自己仿佛又能正常呼吸了。她把目光投回沼泽，椭圆形的沼泽宽阔广大，福克丝看不见两侧的边缘，不过在她对面，远处的岸边，森林似乎越升越高，变成了林木密布的山丘。

"你们指引我们来到了北方，"福克丝小声对蝴蝶说，"谢谢你们。"

看来这一次的情况也不适合击掌庆祝，或者握手、拥抱，但一声"谢谢"让福克丝心里感受到一种出乎意料的温暖，她希望这些蝴蝶能明白她有多么感激它们。要不是有它们的帮助和——她伸手拍了拍背上的树懒——哥哥默默的信任，她永远也不可能走出迷雾。

沼泽中传来了哗啦啦的响声，福克丝看见一群火烈鸟穿过水面向她右侧跑去，接着腾空而起朝沼泽的对岸飞去，在周围灰暗的景色的对比下，它们粉色的羽毛显得格外鲜艳。长着玻璃翅膀的蝴蝶陆续消失在树林中，无疑是要飞回愚人谷那边的安全地带。福克丝心里很清楚，自己必须留下设法穿过这片沼泽，向地形更陡峭的地方继续前进。因为那个方向显然是北方，如果她哥哥通过海口所说的话是正确的,那么烛光引路图想带他们去的正是那个方向,因此她必须往那里走。

"我们怎么才能穿过这片沼泽呢?"福克丝对海口说,它正摇摇晃晃地向河岸走去,"在白骨之地,就连森林的土层下面都有毒蛇,我实在不敢想象这水面下面会有什么。"

鹦鹉歪着脑袋看了看,接着快步往回跑了几步。"海口想知道那个正在朝我们靠近的影子是什么。"

树懒伸长脖子,从福克丝脖子后面探出毛茸茸的脑袋以便看得更清楚,福克丝也注视着远处。她不由得瞪大了眼睛,因为水面上有个影子向他们靠近——仿佛是飞走的火烈鸟召唤来的——那是一艘船。

第十六章

绝不会放弃希望

那是艘小船，大约只有一艘小划艇那么大，但船头向上翘起，似乎是刻意被雕成了这个形状。船里坐着个披斗篷的身影，不时把一支船桨伸进水中，划着小船穿过沼泽的水面。

福克丝没有躲避，海口和树懒也没有。玻璃蝴蝶把它们带到了这里，这就意味着长生蕨很可能就在这片沼泽另一侧的某个地方，而现在他们似乎有了穿过水面的办法。

小船行驶过半时，福克丝看得出船被漆成了白色，船头则雕成了火烈鸟优雅的头颈的形状。

"我没有恶意。"船上的身影说道。是个女人的声音，抑扬顿挫、中气十足，但福克丝听不出说话的是年轻人还是老人。

"我是这一带的最后一名雨林之国的国民，"那女人高声说道，"我一直躲在这里，就是为了等待你们的到来。"

福克丝微微向后退了一步，海口也扑扑翅膀落在她的肩头。金爪从没提起白骨之地还有雨林之国的国民居住。

"我是来帮助你们穿越沼泽，继续寻找长生蕨的。"那女人继续说道。

小船离他们只有咫尺之遥，但船上的人依然没有掀起遮住她面孔的斗篷。斗篷把她的身体遮得严严实实。

福克丝不禁琢磨这个女人怎么会知道他们要到这里来。几分钟之前，就连福克丝自己也不知道自己会来到这片沼泽边。树懒把她的脖子搂得更紧了，福克丝不由得又后退了一小步。

站在她肩头的海口也紧张起来。"海口有点担心，因为它读不出这个女人的心思……"

这时小船靠了岸，福克丝发现头顶有火烈鸟陆续向他们飞来。她听见它们扑扇的翅膀发出不寻常的声响：不是呼呼声，而是哗啦啦的声音。身披斗篷的那个人最后撑了一下船桨，小船径直滑到了福克丝面前铺着木板的浮桥边。那女人伸手拉住浮桥上了岸，周围的空气突然变得寒冷彻骨。

女人的手上长着手指，但她手腕处长的不是皮肤，而是羽毛。黑色的羽毛闪着油光。

她伫立在浮桥上，尽管斗篷的兜帽仍然盖在她头上，但福克丝瞥见了一只闪着凶光的黄眼睛。就在福克丝与来人对视的一刹那，魔法编织出的、让福克丝误以为船上的人是来帮助自己的幻景消失了。

这艘船确实是为了福克丝而来，然而它的目的与她所期望的全然不同。

船身白色的木板变成了白骨。福克丝抬起头，发现向他们飞来的火烈鸟现在变成了兀鹫，看上去仿佛也是由骨架构成的。在小船周围，不知什么东西在沼泽的水里翻腾，福克丝惊恐地瞪大眼睛，看见几条黑色的大鳄鱼浮出了水面。

然而最骇人的还是站在浮桥上的那个身影。此刻她已经不再需要掩护，摘下了斗篷的兜帽，福克丝被眼前的景象吓得尖叫起来：那人长着女人的身体，却浑身覆盖着乌黑的羽毛，双脚是两只鸟爪，头上戴着一只尖嘴骷髅头，两只乌黑油亮的翅膀折叠在她身侧。海口读不出这个女人的心思，因为她根本不是雨林之国的国民，而是个充满黑魔法的生物。

福克丝幡然醒悟——这便是女妖莫格。

"好啊，来自远方世界的小女孩，我们总算见面了。"莫格冷笑道。

没等她把话说完，福克丝转身拔腿就跑，她迈开大步奋力摆臂，惊恐的树懒在她背上颠簸起伏，海口在她前方猛扇翅膀，他们跑过了沼泽的一侧。来不及使用画皮镜了：莫格的眼睛紧盯着福克丝，她没法神不知鬼不觉地改变外表混入森林。她拼命地跑，鳄鱼对她紧追不舍，龇着牙在水中游动，而在她头顶，兀鹫正拍打着白骨做成的翅膀追着她不放。

在森林的地面上，莫格匍匐在地快步疾走，仿佛一只变形的巨大甲虫沿着沼泽的岸边追了上来。黑魔法在她的翅膀中涌动。她已经利用翅膀的法力为小船和火烈鸟做了伪装，并打算一旦追上这个叫她伤脑筋的小女孩就再次动用翅膀的法力。但这对翅膀还不够强壮，无法带着女妖起飞，因此她只能匍匐在地面疾走前行。多年前曾有个来自远方世界的孩子从她手里逃走，她不想再犯同样的错误。

"放弃吧，小家伙，"女妖低声哄劝，"现在白骨之地一个能帮你的人也没有了！"

福克丝回头瞥了一眼，看见莫格的利爪踏过沼泽岸边的芦苇丛，穿过翻腾的芦苇大步追赶着她。尽管她全力奔跑，莫格还是离她越来越近。树懒和挎包的重量拖慢了福克丝的脚步，但她任何一样都不肯抛弃。

穷追不舍的女妖让福克丝满心恐惧，没注意到空中的兀鹫正准备俯冲下来袭击她。直到第一只鸟用力撞上她的肩膀，她才查觉兀鹫的袭击。福克丝被撞得踉踉跄跄后退了几步，被一棵倒下的树绊倒了，但她强迫自己爬起来继续往前跑。又一只兀鹫径直向她撞来，尽管海口竭尽全力想拦住它，但兀鹫的体形更大，它撞开鹦鹉继续向福克丝猛冲，直接把女孩按倒在地上。

女妖放声大笑。"看见没有？到头来你根本没法逃出我黑魔法的掌控！"

福克丝连推带搡，海口又抓又挠，但兀鹫把她按得死死的，莫格则越来越近。这时，仍然搂着福克丝脖子的树懒咬了兀鹫一口，正咬中了它翅膀的根部。福克丝在鸟爪不由自主松开的瞬间看准机会，挣脱了它的掌控。她一跃而起，跌跌撞撞地继续往前跑，一边跑一边不停地低头、侧跨步，躲避其他向她俯冲下来的兀鹫。

沼泽仿佛无边无际，福克丝感到泪水烧灼着她的双眼。她太累了。她心里很清楚，自己永远不可能逃出女妖的手心。莫格有黑魔法撑腰，迟早会追上来的。

　　海口气喘吁吁，仍然在努力拍打翅膀。"海口想让那个女孩知道，它永远都不会抛弃她，费博也不会。"

　　树懒贴着福克丝的面颊，紧紧地抱住她，福克丝竭力忍住眼泪。她要做最后一搏，尽力逃脱，但她心里知道自己的寻宝旅途即将在这里画上句号。一切都将在这里画上句号。莫格除掉了阻止她的人，她会找到长生蕨，四个魔法王国和远方世界也会随之瓦解。尽管如此，福克丝仍然不停地向前跑，因为有时人最难放弃的东西其实是希望。

　　这时福克丝感到一只冰冷、粗糙的手重重地落在了自己后脖颈上，她顿时感到自己心中那一丝微小的希望枯萎了。

　　"傻丫头，"女妖的呼吸声沙哑刺耳，"你真的以为像你这样可悲的人也能找到长生蕨、拯救世界？你真的以为就凭你也能改变现状？"

　　莫格挺直腰杆，居高临下俯视着福克丝，仿佛一只巨大的蝙蝠，海口则在空中挣扎扭动，想要挣脱那些纠缠着它的兀鹫。

　　福克丝不再挣扎，害怕地抽泣起来。

　　"瞧瞧你那副样子，"莫格嫌恶地说，"这世界是有权势的人建立的，而不是一事无成的小女孩。"

　　说话的固然是个女妖，但她的话却让福克丝想到了自己的父母，以及他们对她重复了一辈子的那些话：把别人都踩在脚下，比所有人都更有权势，这才是成为人上人的唯一方法。现在看似一切都陷入了绝境，福克丝不禁思考，父母会不会一直都是正确的。也许对人友善、帮助他人的下场就是遭人践踏。也许心灵还是躲在高墙背后才最安全。

这时，背上的树懒用脑袋蹭了蹭福克丝，这个动作带来的温暖和其中蕴含的温情顿时让她明白尽管事态变得极其糟糕，但她父母和莫格还是说错了。福克丝愿意用全世界的金钱和随之而来的权势，去交换挽救魔法王国和远方世界的最渺茫的机会，以及她和哥哥之间的爱。

女妖牢牢抓住福克丝，张开翅膀打算施展魔咒，瞬间把这个来自远方世界的孩子消灭掉。福克丝浑身颤抖，莫格则仰起头放声大笑。接着，黑色的烟雾从她的翅膀里嘶嘶地冒了出来。

然而就在烟雾即将飘进福克丝嘴里，夺走她生命的那一刻，某个庞大而强壮的东西猛地撞向女妖，把她撞倒在地。

有一瞬间的工夫，福克丝以为是歪歪回来了。但她扭头看见的东西并不是一头游翼兽。

那是一头豹子，它的咆哮声震得树叶随之颤抖，它的毛发则是金色的。

第十七章

你是深燧吗

福克丝的第一反应是金爪来救他们了，但这只豹子体形更大，而且一条腿上的毛发被扯掉了。难道这是亮毛，是金爪派它来帮忙的？

豹子的动作很迅速，它在福克丝面前俯下身，趁着女妖没来得及爬起来，拱蹭几下把女孩和树懒驮在了自己背上。

"是你？"莫格恶狠狠地说，"可是你明明被厉号咬了，已经失去了——"

后面的话福克丝没听见。她抓住豹子脖颈上的皮毛，海口飞扑下来跟树懒一起躲在她双腿之间，豹子撒腿就跑，以惊人的速度迈开大步绕过沼泽，将莫格甩在身后。

"快追！"女妖厉声呼喊，"快追！"

兀鹫在他们前方飞翔，发出哗啦啦的声响，鳄鱼在水中潜游，等待着豹子失足滑进水里。但豹子的脚步很稳，它大步狂奔，每落地一步都精准有力。福克丝趴在它背上仿佛是一捆柴火，根本无法适应豹子奔跑的节奏和方式，但她仍然拼尽全力紧紧趴在它背上。

莫格在他们身后紧追不舍，鸟一般的利爪用最快的速度掠过沼泽的岸边。但豹子强壮有力，而且对这里的地形了如指掌，似乎已经在这里生活了很长时间——福克丝不禁琢磨，莫非这真的是亮毛？豹子知道什么时候应该跳起来躲避落水洞，什么时候应该急转弯躲避湿软的沼泽地，什么时候前方没有障碍，可以放心地奔跑。

豹子一路向北狂奔，渐渐甩掉了女妖，离沼泽越来越远。他们来到了白骨之地的另一带，也就是福克丝在沼泽另一面时看见的地方，这里的地势逐渐升高，变成了被黑暗、阴森的树林所覆盖的丘陵。

福克丝、海口和树懒紧紧抓着豹子，几乎不敢相信刚刚发生的一切。他们已经绕过了沼泽，随着周围的树木越来越密，兀鹫也渐渐从视线里消失，福克丝确信就连莫格也无法像这头豹子一样在森林里自如地穿行。它全速奔跑，从倒下的树干上方跃过，仿佛它们不过是几根小树枝。它左右急转，避开突出的树枝，仿佛只用胡须探路就能辨清方向。在这片犹如噩梦般狂野的森林里，它的目标似乎非常明确。

在他们身后很远的地方，福克丝听见了痛苦的厉叫。莫格知道他们逃脱了，而福克丝心里也清楚这一点，力量与速度在豹子体内涌动，它像水一样穿越森林，随着起伏的地势向更深处进发，深入白骨之地的腹地。

地势继续升高，福克丝以为豹子会穿过树林向高处奔跑，但它却快速奔向了面前的一片岩壁。福克丝屏住了呼吸。这头豹子肯定要转弯吧？难道它看不见前面是条死路吗？但豹子继续向岩壁跑去，就在福克丝以为他们要一头撞上岩石的时候，她看见了一道窄缝。缝隙非常狭小，她猜测其他人从这里路过恐怕都会错过这道缝隙。

豹子钻进岩缝，终于停下了脚步。

它粗声粗气地哼了一声，抖抖身子甩掉了福克丝、海口和树懒，福克丝环顾四周，惊讶得张大了嘴巴。他们钻进了一座山洞，但不是那种阴影绰绰的狭窄小洞，而像一座开阔宽敞的天井，其中的景致与白骨之地迥然不同。这是一座尚未被莫格的黑魔法触及的山洞……

附在洞顶的萤火虫仿佛上千盏水晶灯照亮了岩洞。青翠的植物从岩石的缝隙蔓延开，覆盖了山洞的地面，在枯死的森林中爆发出勃勃生机。在遥远的岩洞深处，福克丝眯缝起眼睛能看见一道瀑布倾斜而下，落进环礁湖，湖里延伸出一条溪水，蜿蜒流入某条隐蔽的岩缝。

"这一切，"福克丝低声说，"竟然都隐藏在白骨之地的废墟里。"

豹子又哼了几声，接着昂首向岩洞深处走去。它知道自己已经回到了安全的地方，动作也少了几分严谨，脚步略显拖沓，低垂的尾巴在身后摇摆。福克丝意识到它是累了，她望着豹子走到环礁湖上方一片突出的岩架上，在那里卧了下来。

福克丝抱起树懒，把它重新背在自己背上，然后她看了一眼海口，它正侧着头观察一棵绿色的植物，那植物的叶片上长着成千上万细密的螺旋花纹。

"海口惊讶得不知该说什么，"话虽如此，鹦鹉仍然说个不停，因为它控制不住自己，"海口认为我们所在的地方是崖心洞，传说中每个魔法王国的国民的指纹蕨都长在这座山洞里，"

它眼睛一亮，"说不定属于易奇的那棵指纹蕨也在这里。"

听见"蕨"字，福克丝也弯下腰去查看海口身边那棵绿色植物。每个叶片上都带有银色的图案，看上去跟指纹一模一样。

"海口听过这样的传说，"鹦鹉继续说道，"每一个魔法王国的国民出生，崖心洞里就会长出一棵指纹蕨，但是从来没人找到过这座洞穴，除了那位传奇探险家米尔德丽德·安博法尔。"

米尔德丽德·安博法尔……福克丝想起了自己在来来往往特快列车上读到的那本书。那只是三天前的事，然而在那之后已经发生了太多事情。她环视山洞，发现乍看上去所有指纹蕨长得都一样，但仔细观察便会发现每一棵的图案都不同。福克丝暗想，或许长生蕨也在其中？不过长生蕨跟指纹蕨肯定有所区别，它的魔力一定会让它与众不同。

她瞥了一眼在岩石上休息的豹子。她敢肯定它是个高巫，因为它这种外形的豹子正常情况下应该是黑色的，而不是金色。但它至今还没有像金爪一样开口说话，而且它的行为举止也不像金爪那样威严。这头豹子似乎另有一番自己的想法。

"它肯定不是火花，"福克丝回头对哥哥说道，"金爪说火花在愚人谷附近巡视，而我亲眼看见一个高巫躺在那道深沟里。那么另一个高巫呢，就是被派去巡视白骨之地，寻找莫格老巢的那个高巫？也许金爪的担心是错的，它其实并没有死？"

海口蹦蹦跳跳地凑到福克丝和树懒身边。"海口猜你想说的是深燧吧。如今火花已经遇难，深燧是雨林之国唯一的雄性高巫了。"

福克丝再次扭头看看树懒。"你觉得它是深燧吗？"

树懒盯着豹子看了一会儿，然后点了点头。

"我也这么觉得。"福克丝说。她把一只手搭在挎包带上平复了一下情绪，然后看了看海口。"我要不要过去直接跟它说话呢？问题是现在我们甩掉了莫格，看样子它好像对我们没什么兴趣了……"

福克丝对交朋友没什么经验，她不确定正常的流程应该是什么样的。不过此刻这一点至关重要，因为在目前的特殊情况下她要付出的代价太大了：要么跟豹子成为朋友，要么被这头实际上并不是高巫的豹子吃掉。

"海口认为说出心里话是个交朋友的好方法。"

"是啊，你当然会这么觉得了。"福克丝嘟哝道。

她向洞穴深处走去，为自己有树懒和鹦鹉的陪伴而感到庆幸。荧光虫发出的光照亮了他们三个，亮蓝色的光亮令人充满希望。在近处望去，瀑布的水光明亮耀眼——水从高处落进清澈的环礁湖，然后蜿蜒流出洞穴——福克丝出神地望着眼前的景色，几乎忘记了与豹子攀谈的事。

海口飞落在她肩上，在她耳边小声说道："海口想提醒福克丝，别忘了先表示感谢，再发号施令。"

福克丝点点头。尽管过去几个小时的经历吓得她魂不守舍，她还是渐渐明白了在拯救世界的过程中讲文明的重要性。不过海口的提醒对她来说仍然很有用。

福克丝清了清嗓子，对豹子说道："谢谢你救了我们。"

豹子的头朝向瀑布，背对着福克丝。见它没有反应，福克丝不禁怀疑会不会是水声太大，它没听见她说的话。

她又更大声地说了一遍。"你很善良，"这一次的情况也不适合击掌、握手或者拥抱，于是福克丝补充道，"要不是你及时出现，我们肯定已经死了……谢谢你。"

豹子转过庞大的头颅，乌黑的眼睛盯着福克丝，但它既没起身也没说话，只是沉默地盯着福克丝看了许久。福克丝以为这是高巫对她的某种考验，连忙拂开脸上的头发，挺直腰板，尽量摆出一副讨人喜欢的样子。寻宝任务已经进行到这个阶段，她不允许自己失败。

豹子依然盯着她，眼神冷淡又漠然。

"你是深燧吗？"福克丝问道，"治理雨林之国的高巫之一？"

听见这个名字，豹子的神情有了一丝细微的变化。它的胡须微微抽动，原本背向脑后的耳朵也转向前方。但它依然既不说话也不点头。

这时福克丝感到海口的爪子把她的肩膀抓得更近了，鹦鹉在她耳边低声说："海口告诉过你，它能读出几乎所有动物的心思，但读不出受黑魔法控制的动物和完全野性的动物的心思，"它停顿一下继续说道，"这头豹子从黑魔法生物手里救出了我们，这说明它跟莫格肯定不是同伙，但海口还是读不出它的心思，这就说明它可能——"

"——是头野生豹子。"福克丝说着咽了一下口水。

豹子仍然竖着耳朵仔细盯着面前的访客。福克丝的目光滑向了山洞角落里的那堆白骨，心里不禁一阵慌乱。如果这是一头野生豹子而不是高巫，它掳走福克丝会不会只是为了把她当晚饭吃？目前豹子没流口水，福克丝觉得这是个好兆头，但它张开大嘴时福克丝还是连忙后退了几步，好在豹子只是舔了舔腿上那块没毛的地方。

尽管如此，鹦鹉还是十分警觉。"海口认为我们应该离开这里，"它悄声说，"一有机会就走。这里不安全。"

但这头豹子有某种特殊的气质，福克丝解释不清，只是隐约想要留下来。她想起了莫格在沼泽边对豹子说的话。她只听见了前半句——"你被厉号咬了，已经失去了……"——但此刻这半句话在她脑海中不断地回响。

海口打探豹子的心思显然没有成效，便转而打探起福克丝的心思来。

"海口不明白为什么福克丝还想弄清豹子的想法。我们应该制订脱身的计划，去寻找长生蕨和易奇。也许我们可以等这头猛兽睡着以后再走？"

"海口，如果我和费博的想法是对的呢？"福克丝喃喃低语，"如果这头豹子真的是高巫呢？如果它其实就是深燧，只是被黑魔法夺走了它作为统治者的特征：说话的能力、责任感和记忆，如果它彻底忘记了自己到白骨之地来的原因呢？也许这正是它在崖心洞藏身的原因。"

豹子忽然起身，缓步走下岩架，在福克丝面前站定。它体形巨大，身材结实，福克丝感觉屹立在自己面前的仿佛是块金色的磐石，但她竭力控制自己不乱动，不发抖，也不透露自己毫无才能、根本不配寻找长生蕨的事实。豹子绕着女孩走了一圈，来到她的挎包前，停下脚步嗅了嗅。半是熟识、半是诧异的眼神在它眼中一闪而过，它仿佛回忆起了什么事……那神情来得快去得也快，却让福克丝陷入了思索。

"挎包里装着凤凰的魔法，"她对海口和哥哥说，"我认为这头豹子能感知到它。也许这才是它把我们从莫格手里救出来的原因。它曾经受到凤凰魔法的约束，现在它感受到了古老魔法的召唤。"

海口跳到地上，福克丝绕过树懒，取下肩上的挎包，很庆幸自己摆脱了它的重量。她在包里翻找。在森林里一番逃命过后，挎包里装满了各种令人意想不到的垃圾——泥土、叶子、碎纸——福克丝拨开包里的东西，找到凤凰之泪拿了出来。尽管宝石没像在古董店市那样发光，豹子还是紧盯着它，神情有些恍惚。但它接着便发出一声低吼，表情也再次变得冷漠。

就在这一刻，福克丝在崖心洞里做了个决定。现在她已经明白自己生活的世界之所以存在，完全是因为凤凰魔法；她之所以能来到雨林之国，也是因为凤凰魔法。而这头豹子对凤凰之泪的反应让她确信，它之所以冲向沼泽，正是由于它感受到了福克丝的挎包里凤凰魔法的召唤。自从来到雨林之国，她已经犯下了一个又一个错误，原因就在于她对其他人和事缺乏信任，因此现在无论海口说什么，福克丝都决定信任这头豹子、信任凤凰之泪的魔力。

烛光引路图固然已经损毁，但杜奇·草药思尼斯告诉过她，引路图指引的是心灵旅途，而不仅仅是双脚要走过的旅途。如今福克丝的心墙已经倒塌，她终于开始学着倾听自己的心声。

第十八章
从信任出发的友谊

福克丝把凤凰之泪塞进挎包，再次尝试与豹子攀谈："我们有任务在身，要去寻找长生蕨——"

"——还有易奇。"海口给她提词。

"——这样我们才能从莫格手中救出雨林之国和远方世界。"福克丝接着说。她把靴子在山洞的地面蹭了蹭，忽然觉得自己做的事情真荒唐，她竟然对一头刚刚救了自己的豹子说她要跟一只鹦鹉和一只树懒联手拯救两个世界，还要解救一名被绑架的雨林之国的国民。可这些令人担忧的事情都是真的。

豹子没说话，福克丝感到那种熟悉的不耐烦的心情在心底油然而生。他们可没时间默不作声、遮遮掩掩。再过几天莫格就要找到长生蕨了！福克丝失望透顶，几乎忍不住要发脾气了。但这时她想起了金爪对她的告诫，就是那些有关讲礼貌的话。她认为挥舞拳头、踢几脚土或者推搡豹子一把对自己是不会有帮助的。

她深吸一口气，望着豹子说："你在沼泽边救了我们，但我们想再请你帮个忙。你能不能告诉我们怎么去鬼影殿？我们认为长生蕨就在那里。"

"海口实在不确定这样……"

但福克丝知道哥哥和她的想法是一致的。费博也认为这头豹子是深燧，这就足以让福克丝坚定自己的信念了。确实，从豹子的外表和行为来看，它确实像头野生豹子，但福克丝自己的外表和行为也时常表现出能力不足的样子，尽管如此，许多人依然对她充满信心，相信她能完成这个任务。是他们的信任让福克丝相信自己的能力比想象中更强大。因此她现在的想法不无道理，只要她对面前这头豹子有足够的信心，说不定她就能让深燧恢复记忆，让它回忆起自己真实的能力。

福克丝继续说道："这是烛光引路图告诉我们的线索，但我寻宝时一冲动把引路图撕坏了，所以现在我们不知道怎么才能找到鬼影殿。"

豹子静静地听着，似乎听懂了福克丝的话，但它仍然没有开口说话。

这时福克丝实在抑制不住，流露出失望的情绪："喂，拜托，"她小声嘟哝道，"要是你真有我们不知道的本领，你为什么不去拯救世界，而是钻进谁都找不到的山洞里躲起来呢？！"

话刚出口，福克丝立刻红了脸。她并不是有意要说出这么伤人的话来，只是当全世界的命运都压在你肩头、而你又习惯了对人颐指气使来达到目的，难免会旧习难改。福克丝含混不清地说了声抱歉，把拳头用力插进短袍的口袋里，以免控制不住自己，朝豹子脸上来一拳。

豹子哼了一声，然后——令福克丝惊讶的事发生了——它转身离开她，穿过整座山洞，从他们来时的那道缝隙钻出去不见了。

鹦鹉咂了咂嘴："海口认为跟豹子讲道理一点儿用也没有。即使它真的是个高巫，海口认为莫格已经伤害了他，我们没法消除黑魔法的影响。如果它现在是去捕猎，那我们最好盼着它顺利抓到猎物，否则——"鹦鹉畏缩了一下——"它就会把我们当晚餐了。我们应该抓住机会逃跑，继续寻找长生蕨和易奇。"

"可要是我们帮助深燧找回记忆，让它带我们去鬼影殿战胜莫格呢？"福克丝仍然无法摆脱那头豹子确实是高巫的预感。

"海口认为这是头野生豹子，而且看样子它不会发生任何改变。"海口忽然停下来瞥了树懒一眼。

"费博说什么了？"福克丝忙问，她从树懒诚恳的眼神里看得出哥哥有话要对她说，只是鹦鹉没有转达。

海口叹了口气。"费博在想，既然人能够改变，那说不定动物也可以。"

他们又讨论了一阵，焦急地想制订一个所有成员都同意的计划，但是计划还没做成豹子就回来了。

看见豹子的那一刻，福克丝僵住了。它嘴边的毛发鲜红，湿乎乎的，指甲里卡着泥土，这时的豹子看上去比先前更加狂野。难道她真的猜错了？他们马上就要成为豹子的第二道菜了吗？

海口箭似的飞向山洞尽头，颇为费劲地钻进了瀑布旁边的一道石缝里，但树懒仍然依偎在福克丝的脖颈处微微颤抖，福克丝则一动不动。她望着豹子与她和哥哥擦肩而过，走向环礁湖，在水边卧了下来。福克丝努力抑制着心中的恐惧，尽最大的努力听从自己的心声，向豹子走去。

福克丝走近时豹子哼了一声，鹦鹉在高处的岩缝里用颤抖的声音说："海口几乎可以肯定福克丝和费博会成为豹子的饭后布丁。"

福克丝咽了一下口水，但没有逃走。她在湖边跪下来，跟豹子之间的距离不远，足以让它明白她对它很感兴趣，但也不近，不至于被豹子的利爪一把抓伤。她不禁思考是否所有友谊在刚开始的时候都这样难以拿捏分寸。福克丝望着豹子，忽然明白它并不是在水边休息，而是在观望，它耳朵竖立，胡须绷紧，眼睛盯着环礁湖。

福克丝壮起胆子向水里看了一眼，长着银色鳞片的鱼在水中穿梭游动。紧接着，在她还没回过神的时候，豹子猛地把爪子伸进水里翻出了一条鱼，把它用力按在福克丝面前的石头上，直到鱼不再挣扎。

"这是——给我的？"她小心翼翼地问。

福克丝猜测大多数友谊并不是以一条死鱼开头的，不过看样子这段友谊正在朝这个方向发展，于是她尽量表现出感激的样子。

鹦鹉清了清嗓子。"海口建议你先用鉴物勺照一照，说不定那头豹子是想先把你毒死再当布丁吃掉。"

福克丝在挎包里摸索鉴物勺，眼睛仍然盯着豹子。她听见它叹了口气，已经放在魔法勺上的手立刻不动了。如果它真的是深燧，而福克丝打算帮它找回魔力，她就必须让豹子相信她是信任它的。

"谢谢。"她说着拿起那条鱼，与豹子四目相对。

只见那头猛兽深吸一口气，眼神中似有一瞬间的怀疑，接着它的眼神柔和下来，向那条鱼吐了口气。福克丝顿时吃惊得合不拢嘴。

豹子吐出的气是金色的，跟金爪在涂绘员避风港里的蜡烛树下变出装满魔法宝物的挎包时呼出的气是一样的。福克丝着迷地望着火焰在鱼的周围燃烧，烤熟了鱼，火光在山洞的四壁投下跳动的影子。这时她终于确信：这头豹子正是高巫。即使它已经失忆，但它的确是深燧。

篝火噼里啪啦地燃烧，豹子拱蹭几下把鱼从火里挪出来，推到福克丝面前，又翻开一块石头，露出底下肥嫩的虫子给海口和树懒吃。这时海口也不再怀疑，不再担心自己会被吃掉，嘎嘎叫着欣喜地飞到了福克丝身边，因为它知道福克丝和费博的预感是正确的，在他们面前的正是一个高巫。如果他们能设法帮助它恢复魔力，他们就不用独自与莫格对抗了。

一头金色的豹子将会与他们并肩作战。

第十九章
魔力找回来了

　　第二天早上福克丝起床很早，不过显然还是不如豹子起得早。福克丝揉着眼睛坐起身时，深燧显然已经出去捕过猎，吃饱了，并且为他们带回了野莓和坚果。福克丝、海口和树懒吃着早饭，谁也没提起鉴物勺和食物上的口水——食物是豹子叼在嘴里带回山洞的。

　　福克丝心中一直隐隐期盼着今天睡醒后，豹子能通过某种方式回忆起自己的身份，她期盼着它开口说话，然后带领他们去鬼影殿。可是，当福克丝建议它跟他们一起走时，豹子却留在原地一动不动、沉默不语地望着环礁湖，仿佛昨天晚上吐出金色雾气的事情从没发生过。福克丝把头伸进挎包，深呼吸了几分钟才控制住自己的情绪，没有因为失望而发脾气。

"看来你不想跟我们一起走，"恢复平静之后她说道，"但我们必须上路了。四个魔法王国和远方世界都指望着我们呢。但是在出发之前我想告诉你，我不相信莫格对你的所作所为能够彻底改变你。我相信，在内心深处你还是原来的深燧。"

豹子弹开指甲间的一颗土粒，福克丝望着土粒落进环礁湖，沉向湖底。这时她忽然发现湖底最深的地方有东西在闪闪发光。她凑到湖边仔细看，那不是鱼群，鱼群是银色的，游动时动作轻快，而她看见的东西是金色的，而且静止不动。福克丝眨眨眼睛。那东西看样子像一堆沉入水底的宝藏，她不禁感到惊讶，自己昨天晚上居然没发现。

豹子也好奇地盯着那堆东西，仿佛它也是第一次看见。

海口和树懒也凑了过来，福克丝腾挪脚步来到紧挨着湖边的地方。说不清为什么，那堆金色的东西似乎闪烁着魔法的光芒。福克丝眯缝起眼睛盯着那堆宝物，终于看清了那是什么。

那是一堆字母，每一个都由纯金雕刻而成。有 E 和 G，还有——福克丝换了个位置看——那好像是 T 和 L？她的眼睛在其中寻找线索。又是一个 E，还有 P 和 I。这时福克丝忽然明白了，尽管她没看清最后两个字母，但她已经对眼前的东西确信不疑。她知道自己必须潜入湖底，赶在字母彻底消失前把它们捞出来，因为有太多事情——找到鬼影殿、战胜莫格、拯救世界——都有赖于这些字母。

福克丝踢掉脚上的靴子，没有犹豫、没理会海口的顾虑，直接跳进了湖里。豹子一跃而起，神情警觉，树懒也忍不住尖叫了一声，但福克丝已经踢蹬着湖水潜入了水下。

她把那些字母抱在怀里，蹬着腿向上游，呼啦一声浮上水面，爬上了湖边的岩石。她把字母放在豹子面前，不禁心跳加速，那些字母拼出的正是她想到的那个词：

DEEPGLINT（深燧）

字母在山洞里闪烁着光芒，然而豹子只是哼了一声，福克丝不得不努力控制住朝这个不知感恩的家伙腿上踢一脚的冲动。她不清楚这些能够拼成高巫名字的金色字母为什么会出现在湖底，但她隐约觉得这也许很重要，她也希望豹子能够领情，毕竟她为了捞出这些字母浑身都湿透了。

这时豹子仔细看了看那些字母，它的思绪似乎超越了面前的金色字母，飘向了某些早已被它遗忘的记忆。接着，高巫的名字腾起一团金色的雾气，顷刻间便烘干了福克丝身上的短袍，她不禁联想到前一天晚上豹子吐出的那口气。

金色的雾气在豹子身边飘动，金色的光芒笼罩了它，它用力摇摇头，仿佛刚从长长的睡梦中醒来。福克丝倒吸了一口气。豹子变得更高大、更强壮了，但这并不是全部的变化。它张开嘴，终于说话了——低沉的声音犹如涌动的雷声，充满力量。

"你——你找回了我的魔力，"深燧说，"没了名字，我们高巫就与野兽无异。莫格的魔咒夺走了我的名字，我的魔力也随之消失，我忘了我是谁。但一个高巫的名字永远不会离它太远，即使被邪恶力量夺走也不会改变这一点。"

深燧望着福克丝，感激的目光在它眼中闪烁。"是你在湖里发现了我的名字，就连我自己都没发现，这是因为在我对自己失去信心的时候，你仍然相信我，"它低下了头，"充满信心和善心的心灵并不多见，但它们拥有极其强大的力量。"

福克丝一时不知该说什么。她总以为自己的心灵充满了讨厌的东西，比如怎样把别人踩在脚底下，可现在雨林之国的统治者却在告诉她与之恰恰相反的事情。

深燧站起身，高大而威严。"善心往往能够帮我们找回丢失的东西，即使我们丢失的东西已经沉入湖底也不例外。我的声音、我的记忆、我的魔力之所以能够重现完全是因为你，福克丝。因为你有足够的勇气相信我，有足够的善心相信我会有所改变。"

福克丝看了哥哥一眼："那只树懒——它也对你有信心。"

深燧微微一笑："那它一定是只非常聪明的树懒。"

福克丝垂下目光："它叫费博，尽管现在看起来不像，但它其实是我哥哥。是我把他变成了树懒，我太过分了，"她叹了口气，"如果我们能找到长生蕨，我希望它的魔力能把他变回人形。"

豹子向树懒点点头，小树懒也向它点了点头，这时海口有些难为情地嘟哝了几句，说它只差一点就也相信豹子了。

"我会报答你们的善心的，"深燧说，"不仅仅因为我作为高巫有责任保护雨林之国里每一颗善良的心，更因为与你们三个并肩完成这个任务是我的荣幸。"

福克丝几乎不敢相信发生的事情。看这个高巫对她的态度，仿佛她很重要，并不惹人嫌弃、一无是处，而且看样子它打算跟他们一起踏上寻宝旅途。想到这里她不禁心跳加速。"你要跟我们一起去鬼影殿？"

豹子跳上瀑布上方的岩架，活动了几下肩头的肌肉，似乎在为纵身一跃做准备。它望着低处的福克丝，坚毅的眼神里燃烧着斗志。

"没错。"它说道。

海口激动地嘎嘎叫起来，树懒也开心地举起一只爪子。

"鬼影殿是莫格的老巢的名字，"深燧低沉的声音说道，"那座废弃的神殿已经被她据为己有，就在这里往北几英里远的地方。"

福克丝脸色惨白："烛光引路图为什么要让我们到莫格的老巢去寻找长生蕨呢？我们应该抢先女妖一步才对啊。假如长生蕨就在鬼影殿，那她为什么还没有找到珍珠，拥有永生不灭的魔力呢？"

深燧摇摇头。"这个我也答不上来。魔法很少说得通，起码在开始的时候是这样。"

福克丝想到了烛光引路图，想起它只有在正确的人——也就是福克丝——提问时才显示出寻宝旅途的首个目的地。难道长生蕨也一样？它会不会就在鬼影殿，离莫格只有咫尺之遥，却始终不肯现身，因为注定要找到它的人是福克丝，而不是那个女妖？

深燧低头看了一眼自己的腿。"我偶然发现鬼影殿是在大约一个月前。我悄悄潜行到了那里的门口，但我低估了莫格的法力。我把全部注意力集中在女妖身上，想扑过去抓住她，拯救雨林之国，但我没察觉她的仆人——一只名叫厉号的巨猿已经发现了我，它死死咬住了我的腿。厉号脖子上挂着一把钥匙——我推测就是它负责关押莫格的囚犯——而它体内汇集了莫格最邪恶的诅咒，在我被它咬住的一瞬间，我的名字和魔力都离开了我。我突然不知道自己为什么会出现在那里，也不记得自己是谁，只知道我必须逃走，于是我拼尽剩余的力量逃脱了。我就是在那个时候找到崖心洞，在这里落脚的。过了几个星期，你挎包里的凤凰魔法把我召唤到了沼泽边。而现在，看样子我们是时候一同返回鬼影殿了。"

福克丝定了定神。"有了你上次的经历，你真的还认为我们应该闯进莫格的老巢吗？要知道，如果她的黑魔法足够强大，她很可能抢在我们之前找到它。"

深燧点点头，鹦鹉在福克丝身边理了理羽毛。"海口一点儿都不喜欢这个计划，但海口也一点儿都不喜欢想念易奇的感觉，而易奇就在鬼影殿，所以尽管每个人都害怕得要命，我们还是必须去。"

"我们现在出发的话,天黑前就能赶到那里。"深燧说。

福克丝把挎包背在肩上。挎包似乎比她记忆中更重了。

"我包里有一面画皮镜,"她说,"不过金爪说这东西只能用一次。我还有一颗凤凰之泪、一瓶水、你带回来的剩余坚果和我哥哥的画,即使你和海口都觉得这种做法很蠢,但我绝不会丢下这些画。因为它们非常宝贵,跟凤凰之泪同样宝贵。"她说着抱起树懒,把它的手臂绕在自己脖子上。

深燧看看树懒,又看看挎包。"把凤凰之泪保管好,是它把我召唤到你身边,而你让我恢复了魔力,说不定它也能解救你的哥哥,只是它的魔力只有在合适的时候才会自动展现。"

高巫跃下岩架与福克丝并肩而行,海口扑扇着翅膀飞在他们前面,他们就这样向山洞的入口走去。想到前方的征途,福克丝的心怦怦直跳。不过当她看见海口和深燧,感受到背上的树懒带来的温暖,她不禁想到,与支持自己的伙伴共同走向未知的前途,这大概跟生活在一个充满温情的家庭中的感觉有点像吧。这个想法让她的心略微充实了一些。

她跟在豹子身后,蹑手蹑脚地走出了山洞,恐惧带来的惊悸掠过她的皮肤。正值上午,但天空灰暗,云层低垂,森林里没有树蛙的呱叫和嘎嘎的鸟鸣。周围一片沉寂,仿佛屏住了呼吸，身边的树木向他们压迫而来，仿佛弯腰驼背的巨人。枯死的藤蔓挂在树枝上，一切都被苔藓覆盖。

深燧转身对福克丝说："只有遇到紧急情况时我才会驮着你。把人背在背上会消耗我的魔力，而在鬼影殿我必须集中全部的力量。因此，我希望你试着模仿我的动作，我来教你如何奔跑。"

福克丝皱起眉头："可是我会跑啊。"

高巫哼了一声："不，在野外你不会。"

它低头从一条爬藤底下钻过，藤条上缀满盘子大小的蜘蛛，然后绕过一块巨石。接着它加快脚步跑上缓坡，跃过倒伏的树木，从长着獠牙的灌木丛旁边溜过。豹子的动作犹如顺滑的丝绸，福克丝跟着它穿过树林，尽管起初觉得动作有些别扭，但她发现只要自己模仿豹子的动作——谨慎而警觉，把每一丝注意力都集中在脚下——行动的速度就会更快、更安静。

福克丝在家时不算是运动健将，不过在家里也没人陪她运动。她从没跟同学一起踢过足球，也没在放学后跟朋友们玩过投篮。她从没跟爸爸一起骑过自行车，也没跟妈妈一起慢跑过。然而此时此刻，她却在白骨之地以惊人的速度和敏捷性在森林里穿行，因为一只豹子肯花费心思教她如何奔跑。她跑啊跑，一路模仿着豹子的动作，直到他们爬上一座陡峭的山顶，这里的树比较矮，越过树顶他们就能看见远处的地形。

白骨之地在他们面前绵延扩展，而在他们身后的南方，福克丝能清晰地看见雨林之国，在很远很远的地方有一星绿色。木角村仍然顽强地抵抗着莫格的魔法。但形势已经十分危急……

深燧摇摇头。"如果今晚我们不能解救雨林之国，恐怕莫格的黑魔法就会吞噬掉整个魔法王国。"

在他们所处的位置北边，树林密布的群山高耸入云，远远超过了他们所在的这座小山。离他们几英里远的地方，一道巨大的瀑布从最高的山峰奔涌而下，瀑布的水是纯黑色的。

"鬼影殿，"福克丝喃喃地说，"莫格的神殿就在那座山上，在那道瀑布旁边，对不对？"

深燧点点头，继续向前走，穿过越来越高、越来越阴森的树林。福克丝像影子那样紧跟着它，每一根吱嘎作响的树杈和断裂的细枝都让她脊背一冷，但她仍然没有停下脚步。她迈着轻巧而坚定的脚步继续前行，跟树懒和海口一起在深燧的带领下穿过森林，向北方的鬼影殿前进。

他们唯一一次停下脚步是在萤火虫来送信的时候，深燧恢复了魔力，它们便可以重新为它送信了。金爪在信中说尽管它和亮毛施了许多防御魔咒，但莫格还是抓走了更多的雨林之国的国民，现在整个雨林之国都在哀悼火花，它还在信中恳求深燧回信。

他们给金爪回信说他们已经团聚了，很快就要向长生蕨进发。然而萤火虫刚刚带走回信，深燧立刻独自走开了。

海口落在福克丝身边的一根树枝上说道："无论人类还是魔法生物，他们长大以后犯的最大的错误就是认为流眼泪是件见不得人的事，"鹦鹉低下头说，"为失去的朋友而哭泣表现出的不是脆弱，而是爱的力量。跟其他东西相比，爱还是开诚布公地表现出来比较好。"

过了一会儿，福克丝看见深燧回来了，并且躲避着她的目光。他们继续沉默地奔跑了几英里，下午时下起了雨。尽管森林依旧阴森可怖——阴风在草木间呼啸回荡，周围的植物上结着各种各样恐怖的东西，从袖珍棺材到老鼠尾巴再到蝙蝠翅膀无所不有——但没有任何东西向他们扑来。

金爪在信中含蓄地提到莫格的暗夜怪现在成群结队地在雨林之国里四处游走，因此福克丝有些纳闷儿，自从踏进白骨之地，她一只暗夜怪也没看见……莫格葫芦里究竟卖的什么药？

她那些猴子都去哪儿了？再过多长时间那个女妖就能利用她日渐强大的法力找到长生蕨呢？

不过，有时候不知道所有问题的答案反而是件好事。假如此时此刻福克丝能够看见鬼影殿内的场景，莫格宝座前的那副景象准会吓得她浑身冰冷。

第二十章

我不会抛下你不管

日光开始转暗时，深燧在一片幽黑、茂密的树林前停下了脚步。那些树的树干粗壮，但扭曲怪异，这里凹陷、那里鼓胀，树枝杂乱无章地伸向天空，仿佛是一簇簇乱蓬蓬的头发。

"把你带来的坚果吃掉，"高巫轻声说，"我们必须养足精神才能对付前面那些罗锅树。"

福克丝做了个鬼脸："罗锅？"

深燧朝他们面前的树一点头。"这些树跟枯夜树一样，被施了魔法，按照莫格的命令行事。只要我们稍有疏忽，它们就会把我们消灭掉。"

福克丝心里一颤。罗锅树上那些或凹陷、或鼓胀的东西竟然是一张张脸。眼窝深陷、鼻子扭曲，还有——福克丝不禁绷紧了神经——咧着的大嘴。

空中的鹦鹉也退了回来。"海口想知道有没有其他路线能到达鬼影殿？"

深燧摇摇头。"罗锅树林从东到西横贯整个白骨之地，只有穿过它们才能继续前进。你们必须保持清醒的头脑，不过，福克丝，画皮镜还是留着以后再用。我有种预感，等我们抵达鬼影殿之后会更需要它。"

说完，深燧出发向树林走去。福克丝跟在它身后，树懒搂着她的脖子，海口紧张地扑着翅膀在头顶跟随。他们刚来到罗锅树下，蕴藏在树里的黑魔法便苏醒了。起风了，起初风刮得不大，风声里带着呻吟。福克丝加快脚步紧跟着深燧，后来它奔跑起来，福克丝便也跟着奔跑，他们在树木间穿梭，跑得越来越快，身边的森林化作一团模糊的光影。

但罗锅树察觉到它们之间有外人，头发似的树枝来回扭动，仿佛是肌肉在收缩伸展。

接着树林里发出恐怖的号叫声。福克丝吓得面无血色，树懒搂住她脖子的手臂也僵住了。声音好像是罗锅树裂开的嘴里发出来的，随着号叫声越来越响，风也加快了速度。

"继续跑，不要停！"深燧咆哮道，接着抬头看了一眼海口，"继续飞，不要停！"

福克丝全速奔跑穿过树林，心里十分庆幸深燧教会了她如何在野外奔跑，此时风已经十分强劲，她感觉到自己正在被吹向罗锅树的大嘴，必须集中每一丝注意力和体力才不会偏离方向。然而在树林中呼啸而过的并不是普通的风。它不是在向外吹气，而是在向内吸气。这是因为这其实是罗锅树在呼吸，狂风围绕着福克丝，拼命地把她送向那些饥饿的大嘴。

福克丝跨过灌木丛时脚下打滑，强风立刻把她吸向一棵罗锅树的树干。树懒死死咬住树皮，减轻了那棵树的吸力，但咧着的大嘴还是离他们越来越近，树懒也渐渐没了力气。这时深燧赶到他们身边，用牙齿咬住短袍用力一扯，救出了福克丝，她拔腿继续往前跑，穿过树林，树懒则使出浑身的力气拼命搂住她不放。

一棵树的强大吸力吸掉了海口的一根尾羽，它惊叫一声，仍然继续往前飞，福克丝也没停下奔跑的脚步。然而当一棵双生罗锅树猛然吸气，把深燧掀翻在地，狠狠摔倒在树根上时，福克丝连忙停下脚步冲过去救它。

"快走！"高巫大喝一声。罗锅树越吸越紧，把高巫吸向自己嘴边。

福克丝惊恐地望着豹子的后腿渐渐消失在树洞里，只有脑袋和乱抓的爪子还留在外面。

"我不会抛下你不管的！"福克丝大声说着，抓住豹子的爪子用力往外拉。

深燧与她四目相对："你必须走，福克丝！这关系到太多的事情！"

福克丝仿佛没听见它说的话，一刻也不肯放开豹子的爪子，就连树懒也把小爪子深深插进高巫的皮毛抓牢。这些被施了魔咒的树早晚有吐气的时候。于是，当福克丝察觉到罗锅树的吸力有所松动的时候，她立刻使出浑身的力气把高巫往外拽，她、树懒和豹子同时跌落在地上，肢体、毛发和爪子缠在一起。最先站起身的是深燧，没等福克丝回过神来，她感到高巫沉重的下颌咬住了她的短袍，把她拉到自己背上，又俯身叼起树懒把它也驮在背上。

高巫心里很清楚，现在已经到了情况危急的时刻。

接着深燧迈开大步跑过树林，跑过呼啸的狂风和挥舞的树枝。福克丝紧紧抓住豹子后颈上的皮毛，树懒则牢牢抱住她的腿，海口也俯冲下来跟它卧在一起。福克丝上次骑在豹子背上时颠来倒去，但现在她对高巫的动作已经有了更深的了解。她见过它行动时的样子，双眼紧盯着脚下的每一步，福克丝感到自己与它的动作渐渐融为一体。

他们冲出了树林，把带着暴怒抽打树枝的罗锅树甩在了身后，福克丝这才看清树林到这里戛然而止是有原因的。他们面前是一条河，河岸长着纤长的芦苇，正是这条河切断了绵延的树林。

暮色越来越浓，福克丝紧张地打量着面前的河流。在两侧的河岸间缓缓流动的河水是黑色的。

"我们已经离得很近了，是不是？"她喘着粗气问，"河水是黑色的，是因为鬼影殿就在附近？"

深燧点点头，但它上气不接下气，好一会儿没说话，后来终于轻声说道："刚才若不是你和费博留下来帮我，我早就被罗锅树吞吃了，"它在岸边踱步，轻柔的脚步踏在芦苇间，"谢谢你们。"

"换作别人肯定也会这么做的。"福克丝说。

深燧停顿了一下。"小女孩，你太低估你和你哥哥了。"

福克丝膝头的树懒自豪地挺起了胸脯，她不禁露出了微笑。

深燧继续紧贴着岸边行走，乌黑的河水泛着油光。

鹦鹉从福克丝膝头跳到她肩上说："海口想知道接下来还会有什么妖魔鬼怪。也许是遭到河里的鳄鱼伏击？或者在最后一刻遇见莫格的暗夜怪？"

福克丝打了个冷战，但深燧仍然在往前走。河对岸有条林荫道，不过这一次道路两旁的树木既不是枯夜树也不是罗锅树，那些树通体纯白，因为它们完全是由白骨构成的。

深燧停下了脚步。"那里，"它朝林荫道的尽头点点头，轻声说道，"那就是下一个妖魔鬼怪。"

福克丝不禁汗毛倒数。借着越发暗淡的日光，她看见林荫道的尽头有一扇高高的黑色大门，嵌在两道碎骨头砌成的高墙之间。高墙围成一道大圆弧，外面的人无法看见墙内的神殿。虽然目不能及，但福克丝看见在白骨砌成的高墙背后，黑色的瀑布从山上倾斜而下，她便知道这里就是鬼影殿了。

她把目光转向林荫道，许多身影在树枝间移动：乌黑、长毛，长长的尾巴在身后摆荡。她忽然明白了为什么在白骨之地始终没见到莫格的暗夜怪……

它们全都在这里，上百只暗夜怪成群聚集在门口的树林里，显然是莫格安排它们守在这里抵御入侵者。

"我不知道那个女妖在做什么，"深燧压低声音说，"不过她显然不希望被任何人打断。"

"你——你说她会不会已经找到了长生蕨，而它就在她的神殿里呢？"福克丝问，"正是由于这个原因，她才让暗夜怪全部守在鬼影殿周围？"

深燧摇摇头。"如果莫格已经找到了长生蕨，我们一定会有所耳闻的。不，我认为它还藏在这里的某个地方没被她找到，"它顿了一下又说道，"而且她今晚没有派出所有的随从放哨。那个名叫厉号的巨猿不在这里，就是那个脖子上挂着把钥匙、负责为莫格关押囚犯的家伙。"

福克丝又看了看蹲在树上的那些猴子。"即便是这样，"她说，"这里的暗夜怪还是太多了，"她自言自语道，"我们怎么才能想办法穿过那道门呢？"

深燧眯起眼睛伏在芦苇丛里，以确保他们不会被暗夜怪发现。

福克丝抱起腿上的树懒，把它放在自己背上，然后从豹子背上滑下来，望着它说："我们不可能打败一整支猴子军队。就连金爪也说它至今还没找到能够杀死它们的办法。"

鹦鹉躲在福克丝身边的芦苇丛里说："我们必须想办法战胜

它们，因为海口知道，易奇在里面。天色就要彻底变黑了，要想在莫格夺走雨林之国的全部魔力之前阻止她，我们只有几个小时的时间了。"

深燧先是没说话，接着它忽然竖起耳朵，皱起了眉头。"你们听，"它轻声说，"仔细听。"

起初福克丝只能听见乌黑的河水在芦苇丛中流过的声音，后来她的耳朵忽然捕捉到了深燧听见的声音。那是种独特而鲜明的滴答声，仿佛暮色中有几十只钟表在滴答作响。

也是在这个时候，福克丝头脑中渐渐浮现出一个计划。

在涂绘员避风港时金爪曾说过，这些怪猴每次发动突袭之后都会返回白骨之地，等它们再次回来时，就会变得跟受伤前一样强壮。金爪说那是因为它们不是普通的猴子。

计划在福克丝头脑中渐渐有了雏形，小树懒觉察到妹妹想出了主意，便依偎着她的颈窝给她鼓劲。

"我猜的也许不对，"过了一会儿福克丝说道，"但我这个办法也许能让我们从暗夜怪身边通过，进入鬼影殿，"想到这里，她的眼睛亮闪闪的，"不过我们必须分工合作，而且这会很危险……"

鹦鹉吞了一下口水。"福克丝的主意让海口感到很紧张……"

　　但深燧凑了过来。"你说吧。因为世界上最强大的人，没错，最强大的人，就是想出了好计划的孩子。"

　　这句话给了福克丝莫大的勇气，她把自己的计划告诉了高巫。

第二十一章
换个角度思考

他们走上白骨桥，过了河，一路上福克丝都屏着呼吸，一部分原因是她怕桥上的骨头掉下去，而她会落进乌黑的河水，另一部分原因则是她怕暗夜怪听见他们过桥时发出的吱呀声。

不过那些怪猴既没听见也没看见这些入侵者，因为海口实现了它的承诺。鹦鹉比他们提前出发了一小会儿，从暗夜怪看不见的地方飞过河，然后钻进林荫道边的灌木丛里藏了起来，悄悄潜入树林深处，来到暗夜怪背后，接着放声大叫。就在那些怪猴伸长脖子向发出噪音的地方张望时，福克丝和深燧带着树懒从桥上过了河。

海口在灌木丛的掩护下悄悄回到了伙伴们身边，跟他们一起躲在林荫道旁边的芦苇丛里。来到河对岸之后滴答声变得更响了，福克丝盯着那些暗夜怪，它们橘黄色的眼睛在树上发光，她希望自己关于它们的猜测是正确的。因为假如她猜错，现在就会成为结局的开头。

寻宝队按照商量好的计划一边观望一边等待时机，等到黄昏变成夜色，一轮满月在树梢升起时，海口跳到福克丝肩头，而福克丝抽出了衣兜里的画皮镜。她把镜子对准瓷白色的林荫道和树下的灌木丛，然后借着月光看了一眼自己在镜子中的身影，不禁倒吸了一口气。她的皮肤跟身边的芦苇一样，呈现出阴影绰绰的绿色。她自己、搂着她脖子的树懒和肩上的海口全都与周围的环境融为一体了。

现在轮到深燧行动了。它向福克丝点点头，似乎是在祝她行动顺利，然后站起身，潜入林荫道下——发出了咆哮。

暗夜怪被吓了一跳，纷纷惊声尖叫。接着开始在它们栖身的树枝上上蹿下跳，激动得发出嘶嘶的尖叫声。但它们没有跳下来袭击高巫，因为在白骨墙背后，豹子的咆哮声已经召唤来了另一个怪兽。

片刻之后，鬼影殿的大门打开了一条缝，一头巨猿用两条腿直立着大摇大摆地走到了树下，暗夜怪见了它兴奋得连声尖叫。福克丝看见它却不禁吓得一畏缩，它长长的手臂前后摆动，长着尖利指甲的手攥成拳头，闪闪发亮的眼睛紧盯着高巫，流着涎水的嘴里长满利剑般的牙齿。巨猿的脖子上挂着根绳子，上面挂的正是深燧提到过的东西，而那件东西是福克丝今晚整个计划的关键所在：一把钥匙。

海口看见那头巨猿，害怕得钻进了福克丝头发里，她背上的树懒也僵住了。它们面前的生物连高巫的魔法都能盗走。

巨猿走到豹子面前，豹子再次大声咆哮。福克丝明白，现在若不行动，以后就没有机会了。于是她冲出灌木丛，沿着林荫道撒腿就跑，有了画皮镜的掩护，暗夜怪和厉号都看不见她，甚至连深燧也看不见。她从深燧身边跑过，皮肤、头发和衣服时而变成跟树一样的白色，时而变成深深的夜色。福克丝从高巫身边经过时，树懒及时伸出一只爪子从豹子的毛发上拂过，这样高巫便会明白他们已经从它身边经过，计划进行得很顺利，它必须守住自己的岗位。福克丝来到厉号身边时绕开了它，然后爬上了巨猿身后那棵树最低的一根树权。

"野猫，你又来了！"厉号仰起头放声大笑，"上一次你还没吸取教训吗？跟莫格的魔力比起来，你的力量根本不值一提！你——"

它忽然停下来猛地转过了身。福克丝顿时僵住了。海口在她上方几根树枝开外的地方咬断了一根白骨树枝，这头巨猿肯定听见了它发出的声音。他们的计划是不是泡汤了？他们是不是白白浪费了画皮镜的魔力？但厉号的黑眼睛向树上扫视时视线径直穿过了海口、福克丝和树懒。

巨猿扭头望向深燧，他们立刻再次投入了行动，海口把树枝递给下面那根树枝上的树懒，树懒立刻滑下几根树枝把它递给福克丝。接着，福克丝用最迅速、最安静的动作向树枝的尽头爬去，这并不容易，因为她背上的挎包越来越重了。她屏住呼吸，把握着树枝的那只手伸了出去。

巨猿俯视着深燧，举起长着利爪的拳头，树上的暗夜怪兴奋得连声尖叫。

福克丝把树枝伸向厉号，竭力让颤抖的手保持平稳。她全神贯注，不去理会树林里的喧闹和巨猿的吼声，把全部的注意力集中在手里的树枝上，把它伸向厉号脖子上的那根绳子。最后，她终于把树枝伸到了绳子下面，然后猛地往上一扬。

绳子和钥匙飞向空中，福克丝张开双臂去抓。在某个可怕的瞬间，那把钥匙仿佛要从她指缝间掉落，但她还是把它紧紧地攥在了手里。她的拳头握住金属钥匙的那一刻，充斥了整片树林的滴答声忽然停了。

那些怪猴一只不落地从它们栖身的树枝上跌了下来。掉下来之后，它们开始扭曲、缩小，直到树下躺着的不再是猴子，而是数十、上百只破损的黑色钟表。就连充满蛮力与黑魔法的巨猿厉号也颤抖着匍匐在地上，渐渐化成了一堆黑色的沙砾。

福克丝几乎不敢相信自己的眼睛。她的推测是正确的：莫格的暗夜怪不是普通的猴子，而是发条猴子！它们不是血肉之躯，而是一群上了发条的动物，全靠挂在厉号脖子上的那把有魔力的钥匙控制。这些猴子即使受伤依然能去雨林之国抢劫雷莓、掳走动物和国民的原因就在这里：它们每次回到白骨之地厉号都会用钥匙给它们重新上发条。正如福克丝推断的那样，杀死它们的唯一办法就是偷走那把发条钥匙。

厉号体内最后一丝魔法离开时，地上那堆沙砾里忽然飘出了它的声音，福克丝不禁愣住了。

"你们永远也别想进入鬼影殿，"他讥笑道，"进去的路和出来的路长得一样！"他冷笑几声，声音变得更轻了，"你们也休想战胜莫格。她的黑魔法才刚刚开始……"

巨猿的声音越来越微弱，直到最后陷入了寂静。

福克丝把钥匙装进衣兜，抱起树懒手脚并用爬下了树，海口激动地在她身边扑着翅膀。她奔向深燧。她的计划并没变成一场彻头彻尾的灾难！他们通力合作，战胜了莫格的侍卫们。

"我们成功了！"福克丝大声说，"我们真的成功了！"

深燧露出了微笑。"我们当然成功了。只要团结合作，就能撼动世界。"

福克丝未加思索，伸开双臂搂住了豹子的脖子拥抱了它，高巫伸出一只大爪子搂住了她的腰，树懒依偎着她的下巴，海口钻进了她的头发。福克丝以前从没跟人拥抱过，而此刻有一头豹子、一只树懒和一只鹦鹉正拥抱着她。

福克丝一直以为拥抱只是个肢体动作——胳膊搂着腰、头枕在肩膀上——然而在她内心似乎也发生了某种转变，因为在拥抱时心灵是彼此重叠的，福克丝认为正是这一点让拥抱变得如此美妙。她突然热泪盈眶，不禁庆幸自己仍然是隐形的。不过几秒种后伪装消退、福克丝带着泪光重新出现在伙伴们面前时，谁也没有对此发表意见。于是福克丝暗中记住，拥抱时流眼泪并不会让所有人都抛下你跑开。

寻宝队打量着白骨墙上的那扇大门。门后是座废弃的院落，一座喷泉伫立在院子中央，但里面的水早已干涸，石雕也被水草覆盖。院子里立着几座雕像，但大都残损，散落在地上，上面爬满了蔓生植物。

"我们快走吧，"海口说着飞到福克丝肩上，"不知易奇现在怎么样了，也不知莫格有什么打算，不过假如长生蕨真的在鬼影殿，那我们必须冲进去，在她之前找到它……"

福克丝把一只手放在大门上。她以为大门会纹丝不动，成为他们前进道路上又一道浸满魔咒的障碍，可是大门发出一声诡异的吱嘎声，直接敞开了。福克丝感到背上的树懒在发抖，她和深燧走进了门口。

福克丝环顾四周，院子里的景象显得有些悲凉。那些雕塑雕的是游翼兽、泥沼怪、箱子怪和其他各种各样的魔法生物，它们过去曾经栩栩如生，如今却无人打理，在这里坍塌、腐坏。矗立在月光下的那座神殿也令人莫名地毛骨悚然。或许它也曾经金碧辉煌，但如今它已被苔藓覆盖，石雕也纷纷脱落。

一道台阶通向神殿门口，大门关着，粗壮的藤蔓彼此纠缠，仿佛一张用铁链编织成的网，堵住了门口。看样子这是鬼影殿唯一的入口，神殿没有窗户，而围绕在莫格老巢周围的那道白骨墙在侧面与神殿的墙壁融为一体，因此也没法绕过去。

福克丝从雕像之间穿过，来到高大的石门前。她伸手去扯门上交错的藤蔓，海口也试着用爪子扯、用鸟喙啄，但那些藤蔓似乎拥有超自然的力量，紧紧缠住石门不放。就连深燧拼尽全力撞向大门时它也依旧纹丝不动。

高巫对福克丝说："恐怕我们找错了地方。厉号死之前是怎么说的来着？"

福克丝回想起它回荡在树林里的声音，不由得打了个冷战。"进去的路和出来的路长得一样。"

鹦鹉叹了口气。"海口实在不明白！进去的路和出来的路长得当然一样了！门就是门——无论你进去还是出来，门都是一样的。"

"我们错过了某些信息，"福克丝说，"我们应该彻底换个角度思考。"

现在她也不能确定自己要找的答案究竟是否在石门那里了，她离开门口，开始在雕像之间穿行，在离院门最近的那座雕像前停下了脚步。常春藤和苔藓覆盖了整座雕像，即便如此，她还是看得出这是头独角兽。树懒在她背上换了个姿势，她发现它正伸长脖子打量着那座雕像。

海口落在福克丝脚边，然后仰起头望着树懒说："费博在想，这头哼哼白的眼睛在发光，真奇怪啊。"

"哼哼白？"福克丝问。

"就是生活在雨林之国的独角兽，"深燧解释道，"不过它们的脾气比独角兽差得多。"

福克丝开始拉扯哼哼白头上的常春藤和苔藓，想看得更清楚些。等她扯下苔藓之后，整个寻宝队都倒吸了一口气。

"它的眼睛是两面镜子。"深燧喃喃地说。

镜子被泥土蹭脏了，但福克丝向镜子里望去，依然能看见自己的倒影，也能看见自己身后的院门。"进去的路和出来的路长得一样，"她低声说道，"现在说得通了……费博真聪明，发现了哼哼白的眼睛。"

树懒羞涩地笑笑。

深燧皱起了眉头。"福克丝，你和费博的意思是？"

"这面镜子映出了大门，也就是离开的路，"福克丝激动地说，"那么，进去的路会不会也与这头哼哼白有关呢？"

深燧连忙拂去镜子上残留的泥土和苔藓，福克丝用手指一按。与此同时，一阵嘎吱声传来，仿佛某个石头齿轮归位发出的声音。哼哼白的雕像忽然向后一仰，动作犹如前腿腾空的骏马，鬼影殿的入口出现在了他们面前。

第二十二章
对战女妖莫格

　　福克丝和深燧匆匆走下石头台阶，发现他们来到了一座地下室里，地下室的墙上装着铁架，插在架子里的火炬照亮了四周。影子在过道的石头墙壁上飘忽闪烁，地牢的天棚向上拱起，下面的阴影里隐藏着几百只笼子，每只笼子里都传出人或动物的抽泣声。

　　深燧跳下最后一级台阶，匆匆来到笼子跟前。被锁在栏杆背后、许久未见过阳光的正是那些被莫格的暗夜怪掳走的魔法生物。小笼子里关着掉光羽毛的鸟和枯瘦的蜥蜴，稍大的笼子里挤挤挨挨地关着一瘸一拐的红毛猩猩和瑟瑟发抖的长臂猿。

福克丝抬头望着它们，悲伤充满了她的心。

然而最后一排笼子让她心中猛然泛起了内疚感。每只笼子里都关着一个雨林之国的国民，海口一看见他们，立刻从福克丝肩上飞走，钻进了离他们最远的那只笼子的栅栏，围着里面的人不停地扑扇着翅膀，一遍遍地呼唤他的名字。福克丝屏住了呼吸。那是易奇。

然而易奇已经不再是那个骑着独轮车冲出灌木丛，开朗健谈、充满活力的小男孩了。现在的他很瘦——瘦得可怕——眼睛周围是深深的黑眼圈。

"噢，易奇，"海口抽泣着说，"他们把你怎么了？我可怜的小易奇。"

男孩把鹦鹉揽到自己身边，用沙哑而微弱的声音说："你来救我了。"

"就像几个月前你在接骨木林救了我一样，"海口把一只爪子放在易奇手上，"海口跨过愚人谷，奋战一场，穿过罗锅树林来救你了。它永远、永远都不会抛弃你的，易奇。"

男孩用颤抖的双臂搂住了鹦鹉。"海口，你是全雨林之国最棒的鹦鹉。"

福克丝的目光移到了易奇隔壁的笼子上，看见了老药剂师：

遍体鳞伤，奄奄一息，但还活着。

深燧眯缝起眼睛望着笼子。"是你吗，杜奇·草药思尼斯？"它低声问，"我们多少年没见了？"

听见高巫的声音，药剂师的眼神变得明亮起来。"正是我，"他说，"为了两个来个远方世界的孩子，我让气鼓鼓药房现身了，"杜奇扭头望着隔壁的易奇，"我就说救星会来的，"药剂师声音沙哑地说，"我就知道他们不会让我们失望的。"

福克丝咽了下口水。跟易奇一样，杜奇之所以被关押在这里，也是因为他曾经帮助过她和费博。在气鼓鼓药房时，福克丝曾有一瞬间放下戒备，把药剂师的话听进了心里，但她对易奇没有这样做过。因此，虽然在这个时候道歉令人十分尴尬，因为所有囚犯都敬佩地望着她这个突然出现、拯救世界的英雄，但福克丝知道，这是自己亏欠易奇的。

她在易奇的牢笼前单膝跪下来。"真对不起，易奇，"她说，"我们刚刚见面时，我对你太没礼貌了，而且你被关在这里也是我的错，"她垂下目光盯着地面，"我是个糟糕的英雄。"

易奇虚弱地对她笑笑。"糟糕的英雄是不会救人的，但是你来了，跟杜奇说的一样。海口也来了，"他向四周张望，"你哥哥呢？"

福克丝背上的树懒举起一只爪子挥了挥手。

海口清了清嗓子。"其实，这只树懒就是费博。易奇，这件事海口晚一点再解释。不过就现在来说，你只需要知道费博见到你很高兴，还有他很抱歉，你们初次见面时他的表现像个白痴——"树懒尖声叫了一声，鹦鹉便又停下来倾听男孩的想法——"像个彻头彻尾的白痴。"

易奇笑了。

这时深燧说话了，那也是福克丝第一眼看见囚犯们的想法。"莫格在你们身上施了可怕的黑魔法，"他声音中带着低吼，"我能在空气中感受到它的存在，也能在你们的眼神中看出来。你们的神情有种鬼魂般的特征。"

福克丝望着药剂师，他的外表仍是杜奇·草药思尼斯的样子，但他的轮廓已经开始变得微微模糊，仿佛他的身形只是勉强存在于人世。

杜奇紧紧抓着牢笼的栏杆。"莫格用雨林之国的雷莓恢复了法力。但是，要想让法力更进一步，莫格必须饮用动物和国民的眼泪才行，"他垂下目光，"每天晚上，厉号都会到地下室来收集我们的眼泪，交给那个女妖。要是那头巨猿今天晚上再来，只怕我们当中许多人的魔法都会被他吸干，我们的生命也将随之终结。"

福克丝摇摇头。"厉号再也不会来了。这件事我们已经解决了。"她在口袋里摸索一番，取出了巨猿的钥匙。厉号不仅掌管莫格的暗夜怪，更是莫格的狱守。

"快，"深燧催促道，"没时间可浪费了。我们必须救出囚犯，继续寻找长生蕨、阻止莫格！"

福克丝立刻行动，逐一打开牢笼上的挂锁。尽管每把锁的形状和大小都不同，但厉号的钥匙中充满神秘的魔法，因此轻松地接连打开了好几个笼子。福克丝知道，无论她动作多快，要打开地下室里所有的笼子都得花上几个小时——而他们没有那么多时间。然而就在这时，她手中的钥匙消失了，随之消失的还有锁住牢笼的黑魔法。笼子的门一个接一个自动打开，里面的动物和雨林之国的国民一瘸一拐地走进了地下室。

"自，自由了，"易奇结结巴巴地说，"终于自由了！"

海口站在易奇的肩膀上，依偎着他的下巴。"接下来我们要为莫格对你的所作所为复仇，"它说道，"等着瞧吧。"鹦鹉说完扑扑翅膀，从易奇肩头飞到了福克丝肩上。

"你们——你们要抛下我？"易奇忍不住哭了，"可我们才刚刚团聚啊！"

"海口从没想过自己会加入一场危险的寻宝旅途，"鹦鹉叹了口气，"但它现在就在其中，它心里清楚，自己解救易奇·布雷泽和雨林之国的任务还没有结束，"它歪着头看了看易奇，"不让莫格消除她对你和其他囚犯做的坏事，海口是不会善罢甘休的。"

易奇望着海口，脸上写满了自豪。

"顺着台阶上楼，穿过院子从大门出去，"深燧对雨林之国的国民们说道，"在林荫道上等着我们——让你们独自穿过罗锅树林和枯夜林太危险了，除了它们，白骨之地还有其他危险的动物出没。"

"可那些暗夜怪呢！"一个雨林之国的小女孩轻声说道，"我们能听见它们的厉叫声——它们肯定会把我们抓回这里的！"

深燧摇摇头。"再也不会有暗夜怪了，你们不必害怕。福克丝已经解决了这个问题。快去吧，我们会尽快跟你们会合的。"

雨林之国的国民们拖着疲惫的脚步登上台阶，爬出了地下室，动物们察觉到逃生的机会，也跟随他们离开了。

地下室里只剩下福克丝、深燧、海口和树懒。他们匆匆走过走廊，福克丝想到自己随时可能撞上莫格，不由得心怦怦直跳。

前面是个死胡同，他们猛地刹住了脚步。福克丝用力去推石墙，可它纹丝不动。"地下室不可能说到头就到头！这可是鬼影殿的入口——唯一的入口！"

"嘘……"海口轻声说，"你的想法太吵了，海口听不清箱子怪的想法了。"

听见"箱子怪"三个字，树懒不由得把福克丝的脖子搂得更紧了。

"箱子怪的想法？"福克丝轻声问道。

他们安静下来，等着海口听，接着鹦鹉确定地点点头。"海口认为这道死胡同另一面有只箱子怪。看样子它跟莫格商量好要完成箱子怪历史上最大的一次恶作剧——用一堵无法穿过的石墙堵住神庙的入口——只不过现在它发现石墙另一侧有个高巫，这才开始怀疑自己的恶作剧是不是搞得出格了。"

深燧放轻脚步走到石墙根："给我听着，你这个小淘气包。"

石墙另一面发出一声惊叫。

"你最好立刻把这堵墙咬穿给我们开路，否则——"它深吸了一口气——"等我看见你，保证把你吃掉，"它扭头小声对福克丝说，"我从来不吃魔法生物，但吓唬那些不听话的魔法生物就是另一码事了。"

石墙另一头又发出几声惊叫，接着便是箱子怪拼命咬石头以及石头滚落的声音。一个绿色的小脑袋露了出来，伸出舌头向福克丝做了个鬼脸，接着它看见了高巫，立刻继续啃咬石头，直到咬出一个足够让福克丝和伙伴们钻过去的大洞为止。

他们匆匆钻过洞口，箱子怪仍然在他们身后嘀咕，他们没理会它，沿着走廊往前跑，直到来到另一座石头台阶前。福克丝深吸了一口气，然后爬上了台阶，深燧紧跟在她身边。

她不清楚石阶尽头等待着自己的究竟是什么，但她显然没料到眼前的这幅景象。他们站的地方是一处墙角，看样子这里曾经是一间觐见厅，大厅中央有个破败的宝座，四周的石墙高高耸起，然而大厅没有屋顶，头顶便是散落着点点星光的夜空。满月的光辉映照着大厅，福克丝能清清楚楚地看见面前的景象。

这是一座花园。只是这座花园跟福克丝见过的任何一座花园都不同，因为里面的植物全是黑色的。像蟒蛇一样粗壮、像煤炭一样黑的藤蔓在墙上扭曲纠结。灌木丛上结满黑色的果实，滴下的汁液是墨水的颜色。矮树上长着带黑斑的利齿，一张一合猛咬着空气。不过，最令福克丝毛骨悚然的是那棵生长在觐见厅中央、宝座脚下的巨大植物。

那是一棵蕨。自从在崖心洞见到指纹蕨之后，福克丝便一直留意各种蕨类，因此通过它独特的叶片认出了它。但福克丝看得出那棵蕨中蕴藏的不是凤凰魔法，而是浸满了黑魔法。它通体漆黑，跟周围的矮树一样，叶子在缓缓摆动——一上一下、一上一下——仿佛正在呼吸。

周围不见莫格的踪影，眼前只有这座黑魔法创造出的花园。

福克丝惊恐地望着花园，接着，她用非常小的声音低声问："莫格会不会变出了属于她自己的长生蕨？"

站在福克丝肩头的鹦鹉眯缝起眼睛。"海口看得出那个女妖确实变出了某种东西，但这并不是长生蕨，"宝座脚下的植物仍在继续摆动，海口瞥了一眼身后的树懒，"费博也同意。他也觉得这棵植物看上去似乎充满黑魔法。"

深邃低沉的声音说道："我们必须摧毁它，莫格的法力越来越强，谁知道这棵蕨会有什么本事呢？"

福克丝紧张地打量着那棵蕨。假如它真的充满魔咒，那么她肯定要使出全部的力气才能把它从地里拔出来。她伸手抓住挎包，绕过树懒把包从背上取了下来。随着旅途越来越远，她的挎包也越来越重，此刻回想起来，福克丝不禁觉得有些奇怪，因为她没往里加过东西。她耸耸肩，没多想挎包的事，因为眼下他们还有更要紧的事要思考。想到自己必须使出全部的力气才能拔除莫格那棵蕨，福克丝便打算把挎包摘下来。不过，就在她一只手碰到包带的那一刻，月光忽然映亮了一个可怕的身影。福克丝顿时浑身僵硬，背上的树懒也开始发抖。

莫格伫立在远处的墙头，张开了她参差不齐的翅膀。

"欢迎来到暗夜花园，"她柔声说道，"一个充斥着黑魔法的地方，"她微微侧过带着面具的脸，"看来你们已经看见过我的长生蕨了。"

深燧发出了低吼："那不是长生蕨。"

"也许不是你想的那种长生蕨，"莫格答道，她柔顺的声音仿佛浸满了蜜糖，"但它来自最阴暗的魔法，从毒药浸泡过的种子中发芽，在夜色的笼罩下生长。而我之所以能够施展这个魔咒，就是因为我一直在吞食雨林之国的国民和动物的眼泪。至于现在，只要这棵蕨继续存活、生长，我的法力也会随之继续生长。"

莫格从墙上纵身一跃，翅膀划过夜空，降落在宝座上。她坐下来，深深吸入那棵蕨的可怕力量，福克丝感到自己脚下的地面在颤抖。

福克丝把手伸向下颌握住了树懒的爪子，接着海口也贴紧了福克丝的脖颈，福克丝则挪动脚步凑到深燧身边。在他们周围，地面上的石板纷纷迸裂，巨大的黑色根须冲破地面，泥土和石块在空中四处飞溅。

深燧用牙齿撕咬着那些根须，福克丝四处躲避，树懒用抓子抓挠，海口也愤怒地扑扇翅膀，但那些扭动的根须突破了他们的抵抗，紧紧地缠住了豹子、女孩、树懒和鹦鹉，拖着他们穿过暗夜花园，送到了女妖面前。

福克丝的指甲碰到什么就拼命抓住——植物、藤蔓、泥土、树叶——但这座花园和其中的植物受到莫格的掌控，它们似乎都在把猎物往宝座前面送。

"不！"福克丝大声呼喊，"不可能就这样结束！我们离成功已经那么近了！"

想到自己一路走来的经历，她忽然哽咽了，她有了多么大的转变啊，假如她现在输给莫格，在魔法王国和远方世界会有多少人感到失望啊。更不用说她的哥哥。他会不会因为她没能及时阻止女妖而永远是只树懒呢？还有她的父母。他们固然对她撒了谎，怂恿她跟哥哥竞争，可即使这样，她依然想再次见到他们，不愿让他们在莫格掌控福克丝的世界以后经历可怕的命运。

女妖刺耳的笑声在花园中回荡。"我早就告诉过你：建立这

262

个世界的是有权有势的人，而不是你这种无足轻重的小女孩！你永远、永远也不可能打败我！"黑魔法蕨把福克丝送到莫格面前，她头上戴着凤凰头骨面具，歪着脑袋说道，"我把你看得清清楚楚，小孩儿。你可悲又可怜，心上长满尖刺，一辈子都没人爱你，直到你死掉都不会有人爱你。"

福克丝的泪水簌簌地往下落。"别说了！"她大喊，"别说了！"

海口愤怒地厉声尖叫，深燧爆发出咆哮，但黑魔法蕨的根须把豹子和鹦鹉越缠越紧，推搡着它们跟福克丝和树懒一起被纠缠在黑魔法蕨当中。

"不要听信莫格说的瞎话！"黑魔法蕨那坚韧的叶片把猎物越缠越紧，深燧气喘吁吁地说，"你是被人爱着的，福克丝。你——"

黑魔法蕨掩盖了它的话语，它把猎物越缠越紧，福克丝既不能看见也无法听见深燧和海口。她用尽最后一丝力气紧紧抓住树懒的爪子不放。然而透过叶片之间微小的缝隙，她能够看见的只有莫格，她张开翅膀，摆出了胜利的姿态。

"吃掉他们！"女妖尖叫着对黑魔法蕨说，"把他们统统吃掉！"

第二十三章
原来长生蕨在这里

福克丝的脉搏在皮肤下奋力跳动。她非常害怕那棵蕨以及它即将对她和伙伴们做的事，但她更害怕莫格说的话。她说福克丝一辈子没人爱，直到死的那天也一样。她说福克丝根本不可能找到长生蕨，拯救世界。她说福克丝竟然以为自己能做到这一切，真是愚不可及。

福克丝感到自己的手脚渐渐松弛，呼吸变慢，一阵令人胆寒的绝望感攫住了她。尽管她能感觉到树懒依然握着她的手，但她已经不再有力气挣扎扭动，挣脱纠缠的根须。这就是结局。她感觉到黑魔法蕨吸走了自己体内的活力。泪珠顺着福克丝的脸颊滚落，空气变得异常寒冷，充斥着魔咒。

不过有时候，当一场探险接近尾声时，我们往往会有意料之外的发现。一颗微小的珍宝完全隐藏在阴影之中。不知为什么，不知来自哪里，尽管福克丝已经被最可怕的魔法缠得动弹不得，她还是发现黑暗之中闪烁着一丝希望的火苗。

自从出生以来，她一直把心灵藏在尖刺底下、高墙背后，但是在雨林之国，事情有了转变，自从她明白了这场寻宝之旅的本质：这不是谋私利发财的机会，而是能够挽救两个世界的重要任务。此外，她也把自己和哥哥的关系看得更加清楚。他们既不是敌人也不是生意场上的竞争对手，他们是亲兄妹，而且他们谁都没意识到，他们的共同点其实比想象的更多。福克丝无法预测这场寻宝旅途会如何结束，她甚至不确定能否说服费博跟自己一起离开雨林之国回到家乡，但是有一点她很确定：她拥有一个爱护她的哥哥，而她也同样发自内心地爱护他。

在学习爱护别人——费博、海口、深燧、易奇、金爪以及她在寻宝途中遇到的每个同伴——的过程中，福克丝的心墙轰然瓦解了。因此无论莫格怎么说，这场寻宝之旅绝不是注定要失败的。雨林之国里那么多的国民都对福克丝有信心，是他们一路上善待她，才让寻宝之旅进行到了现在。

福克丝感到皮肤上掠过一种麻酥酥的感觉。这时响起了一阵极其微弱的声响，透过莫格的狂笑声和魔法蕨中涌动的黑魔法，那声音依稀可辨。那声音叮铃作响——假如你把几颗星星装进玻璃瓶，发出的大概就是这种声音吧——随之而来的是一缕似曾相识的微光。福克丝曾经在卡斯帕·托克的古董店里看见过这种亮光，而从她把费博变成树懒，发誓要跟哥哥合作寻找长生蕨，拯救全世界和其中的每个国民的那一刻起，这道微光便开始在她挎包的角落里静静发着光。

黑魔法蕨把福克丝缠得紧紧的，她无法取下肩上的挎包往里看，但她能全身心地感受到凤凰之泪中蕴藏的古老魔法正在萌发。而且看样子费博也有所感知，因为他正搂着福克丝的脖子激动地扭来扭去。微光越来越亮，福克丝不再置身于黑暗中，而是沐浴在绚烂的蓝色光芒之中。那光芒在黑夜的映衬下格外耀眼，福克丝看见它，顿时浑身重新充满了力量。

"有一种魔法，比你的黑魔法更强大！"她大声对莫格呼喊。福克丝不知自己的声音能否穿透黑魔法蕨的叶片，但她仍然不顾一切地高声诉说，因为这些话是她仅剩的武器，"你说这次寻宝从一开始就注定要失败，你说创造世界的是有权有势的人，而不是我这种无足轻重的小女孩？告诉你吧，莫格，你错了！"

黑魔法蕨内部的光芒强得福克丝睁不开眼睛，树懒搂着她的脖子，紧紧握住她的手，仿佛在鼓励她说下去。

"我曾经有过跟你一样的想法！"福克丝高声说道，"我曾经相信对人友善就是软弱，只有把别人踩在脚下才能达到自己的目的。我错了。对人友善才能让你变得强大、如果你强大到能够推倒自己的心墙，那么你就拥有了勇士的力量，到那时你才能学会爱别人！"

树懒用脑袋拱蹭着福克丝的脖子。

"我哥哥和我在雨林之国认识的朋友们教会了我一件事，那就是，创造世界的不是有权有势的人！"她大声说，"创造世界的是有爱心的人！魔法王国能够延续，是因为爱心在延续，"她深吸了一口气，"无论你嘴上怎么说，其实你并不了解我的心，莫格，因为我也有爱心。我爱我生活的世界和生活在其中的人。虽然我失去了哥哥，也想过放弃，但我还是继续坚持寻宝。虽然可能要付出生命的代价，但我还是放走了玻璃蝴蝶。虽然冒了很大的风险，但我还是相信深燧是个高巫。虽然我们被罗锅树团团围住，但我还是回去救深燧，因为身为朋友就应该这样做。"

这时，尽管福克丝仍被黑魔法紧紧箍住，但是她的心碰到了某种隐藏在黑暗之中的东西。那是一种与希望的光芒共存、同样在熊熊燃烧的东西：正义。

有了凤凰魔法的支持，她用最大的声音说完了最后一番话。"莫格，我决不会让你把其他人教会我的事夺走！我决不会让你重新为我建一道心墙！所以，"她咬住嘴唇，几乎不敢相信自己接下来要说的话，"我原谅你对易奇·布雷泽、杜奇·草药思尼斯和其他被你关押的雨林之国的国民和动物的所作所为。我原谅你此时此刻对我、我哥哥、海口和深燧做的事。我原谅你做的一切，因为善良比仇恨更强大。而且，无论遇到多大的障碍，我都要赢得这场寻宝之战！"

福克丝感到她的挎包开始颤抖、膨胀，仿佛里面的东西正挣扎着想要钻出来。突然，挎包猛然打开，光芒冲向黑魔法蕨，穿透了它的叶片，仿佛它们不过是薄薄的纸片。福克丝和树懒跌落在地上，深燧和海口也分别跌落在他们两侧，黑魔法蕨在他们的注视下萎缩成了一堆黑色的渣滓。

而挎包躺在它旁边，就在莫格坐的宝座脚下。

女妖大惊失色地望着面前的景象。"不，"她喃喃地说着一跃而起，站在宝座上，"这是什么？！"

福克丝也难以置信地倒吸了一口气。她寻宝时背了一路的挎包里长出了一棵银白色的蕨，银光粼粼，散发出光芒，仿佛遍体洒满银霜。福克丝忽然明白了为什么挎包会越来越重，为什么她在崖心洞打开包时里面会有泥土和叶子。这一路上都有棵蕨在包里默默生长！

福克丝望着它，目瞪口呆。脱离了挎包的束缚，那棵蕨越长越快，根须扎进土壤，爬满整座花园，接着它越长越高，超越了莫格立身的宝座，超越了暗夜花园里最高的植物，甚至超越了觐见厅四周的围墙。它矗立在他们面前，如同一座银光闪闪的宝塔。福克丝心中确信无疑，这一定就是长生蕨。她望着眼前的植物，几乎不敢相信自己的眼睛。它是怎么跑到她包里的？它怎么会在包里生长呢？

但这时莫格已经采取了行动，因此这些问题的答案只能先等一等。女妖纵身一跃，跳进了长生蕨坚韧得犹如树枝的叶片之间，开始在里面疯狂地翻找。

"珍珠！"深燧大声提醒福克丝，"她在找珍珠！"

深燧伸出爪子去抓莫格的利爪，想阻止她寻找珍珠，但女妖及时跳到旁边躲开了，继续撕扯着长生蕨翻找，一边拉扯叶片一边发疯似的自言自语。

"肯定在这儿！"莫格大声说，"我眼看就要获得本该归我所有的魔力了！"

女妖的话忽然让福克丝想到了一件事，是杜奇·草药思尼斯在气鼓鼓药房说的一句话："你想寻找的东西往往就你在身边。"

福克丝把手伸进挎包。长生蕨已经不在包里，它的根扎进了鬼影殿的土壤。但凤凰之泪还在包里，躺在费博的画作之间静静地闪着幽光。福克丝不知道长生蕨在挎包里待了多长时间，但她心里琢磨，也许正是因为长生蕨在包里生长，才激发了凤凰之泪的魔力。那么，凤凰之泪会不会就是那颗珍珠？会不会其实珍珠也一直被她带在身上？

海口在莫格脚边厉声尖叫，深燧也扑向蕨叶去追她。福克丝拨开面前的叶子，发现了一小块露出来的土壤。这时莫格低头望去，瞬间明白了接下来要发生的事。

然而女妖和福克丝的同伴们不知道的是，女妖跳上长生蕨之后，那只小树懒也开始往上爬，因为他猜到了莫格要在里面寻找珍珠。于是，尽管恐高，费博还是抢在女妖之前，也抢在深燧追上去之前钻进了蕨叶深处。此刻女妖眼看就要纵身扑下来抓住福克丝，毁掉她拯救雨林之国的机会，而树懒看准时机，做了一件了不起的事。

他紧紧抓住莫格身下的叶子，在女妖纵身起跳时伸出了一只爪子。虽然树懒的个子很小，但他的爪子很尖利，立刻划破了莫格最珍视的翅膀，她跌跌撞撞地从福克丝身边跌落，掉进了蕨叶之中。多亏了哥哥灵机一动，福克丝才有机会把凤凰之泪埋进地里，并在上面盖上了土。

利爪和翅膀纠缠不休，深燧总算抓住莫格把她拽到了旁边。接着，凤凰魔法发出耀眼的光芒，施展出了它全部的力量。暗夜花园在他们眼前发生了转变，每一棵漆黑的植物都随之枯萎，它们原来生长的地方抽枝展叶，长出了成百上千株荧光的花朵和矮树丛。

"不！"莫格尖叫道，"不！"

女妖挣脱深燧，展开破烂不堪的翅膀跌跌撞撞地飞到半空，躲开了树懒和豹子。但是为时已晚，福克丝和费博做的事情她已无法挽回，只能眼睁睁看着花园里迸发出色彩，长生蕨周围长出了一圈结满浆果的蓝色灌木丛。

"雷莓！"海口嘎嘎地说。

莫格见自己的计划彻底泡汤，愤怒地厉声尖叫起来，她忽然意识到自己惟一的出路就是逃跑。她挣扎着飞上墙头，但她知道这对翅膀已经无法带她飞向更远的地方。她绝望地向墙外张望，眺望整片白骨之地。

觐见厅四周的墙壁开始坍塌，响声隆隆，接着鬼影殿周围的白骨墙也倒塌了，仿佛一切——包括石头和白骨——都臣服于凤凰的古老魔法。莫格跌落在地，跌跌撞撞地跑着穿过瓦砾堆逃走了。但她没想到的是，还有另一伙人挡住了她的去路。

曾经被莫格囚禁在地下室的动物和雨林之国的国民们，并没有按照深燧的吩咐躲到林荫道下藏起来，而是包围了白骨墙，这样当高墙倒塌时，他们早已在墙外围成了一圈。虽然长期被关押在牢笼里，遍体鳞伤、虚弱不堪，但他们的身形已经不像在地下室里那样模糊而惨淡。长生蕨帮他们恢复了魔力！一头游翼兽在他们头顶飞翔，正是歪歪，尽管飞翔的动作十分潦草，但它毕竟返回了白骨之地，准备为福克丝和费博一战。

莫格冲向那群曾经的囚犯，想在他们中间冲出一条逃生之路。红毛猩猩高声大叫，长臂猿用拳头敲打着胸脯，雨林之国的国民也愤怒地大吼。莫格心里清楚，尽管他们声势浩大，但这些囚犯其实很虚弱，被囚牢里的日子耗光了魔力，而她残存的法力足以将他们逼走，开辟出一条路来。于是她全速冲向他们，为逃跑做最后一搏。

而就在这时，歪歪向她俯冲过去，它没有被关进过地下室，受伤的腿也已经治好了。

它猛地撞向女妖，用蹄子踩踏她的身体，尖嘴猛啄她的翅膀。福克丝之前一直不明白，既然皱莓玲珑浆很快就被费博给歪歪用光了，烛光引路图为什么还要把她带去气鼓鼓药房。不过，当她此刻看到歪歪与莫格奋战的样子，她不禁琢磨引路图是否一直很清楚他们到这里来需要走过的旅途。

杜奇说过，烛光引路图指引的是心灵的旅途，而不是双脚的旅途，因此也许兄妹俩必须经历歪歪的离开才能让福克丝拆掉心墙。也许引路图也知道这头游翼兽最终会回来保护那些阻止莫格逃走的雨林之国的国民。

与此同时，深燧正大步跑向他们激战的地方，于是莫格拼尽最后一丝力气挣脱了歪歪。她踉踉跄跄地往回走，穿过荧光植物来到花园最远的角落，尽管深燧对她穷追不舍，但它的动作还是不够快，没来得及阻止女妖一头扎进花园里的深井。

羽毛一闪，接着是一声令人毛骨悚然的尖叫。"还没完呢！"莫格尖叫道，"我会想出其他办法盗走魔法王国的魔法！我的统治势不可挡，等到我成功的那一天，你们统统都会被黑暗吞噬！"

　　福克丝快步跑向深井，可是她伏在井沿往下看，眼前却是漆黑一片。黑洞洞深不见底，根本没有女妖的影子。

　　海口扑扑翅膀落在福克丝的肩膀上。"莫——莫格走了吗？"

　　深燧用两只沉重的前爪按住井沿，向井口吐出一口气，化作一顶石盖，轰隆隆盖住了井口。

　　高巫转身对福克丝说："是你带来的凤凰魔法给了我力量，施展这个无法打破的魔咒封住了这口井。莫格再也不可能返回雨林之国了，"它仰起头看着福克丝，那眼神仿佛她并不是莫格口中那个无足轻重的小女孩，而是与高巫同样重要的人，"福克丝·佩迪-斯阔布，多亏了你心灵的力量，以及你哥哥的力量，魔法王国和远方世界才得以存续。"

　　围着鬼影殿的动物和雨林之国的国民们爆发出欢呼声，歪歪鼓足劲在空中翻了个不太稳当但依然令人瞩目的筋斗，接着在降落时跌进了雷莓树丛。

　　福克丝觉得自己有些头重脚轻。在家时，从来没人对她说过任何夸奖的话。她从没赢得过任何奖项，也没因为表现优异而受到过表扬。福克丝想，这大概就是快乐的滋味吧：当你有足够的勇气去爱人，别人自然也会与你相伴、同样爱你。

　　"可是——可是长生蕨是怎么在我的挎包里开始生长的

呢？"她自言自语，"还有，为什么凤凰之泪只有在长生蕨发芽之后才能拯救雨林之国？为什么之前不行呢？自从我踏进雨林之国，它一直在我身上啊！"

深燧微微一笑。"我现在才明白究竟发生了什么，"它顿了顿，继续说道，"一棵植物要想生长，需要四个要素：水、空气、土壤和光。魔法植物生长需要的东西也差不多，或许只是多了一点魔法特色。所以，你能不能想到什么时候有水或者类似的东西落进了挎包呢？"

福克丝摇摇头，但是站在她肩头的海口大声说话了。"在荆棘洞里你的眼泪落进去了，福克丝……海口记得清清楚楚，在你为哥哥和其他遭受莫格折磨的人哭泣时，海口亲眼看见眼泪滴在了挎包上！"

深燧点点头。"这便是水了——不过带有一点魔法世界的特色……"

福克丝眨眨眼，回想自己寻宝路上的经历，想起了那些被她放走的蝴蝶在她身边扇动翅膀时有一阵微风拂过她的皮肤。那微风不同于普通的风——它似乎有种说不清的魔力。

"我猜，我解救的那些蝴蝶扇动翅膀时掀起的微风也许蕴藏着魔力，"福克丝看了深燧一眼，"还有，我坚信你是个高巫，不肯放弃，那天晚上在崖心洞睡觉时我把挎包当枕头用，洞里的泥土可能被推进了挎包。"

"崖心洞的泥土肯定具有魔力，"深燧说，"因为每个魔法王国的国民的指纹蕨都是从崖心洞的泥土里长出来的。"

海口激动得两脚交替跳来跳去。"至于魔法光芒，深燧，肯定是从你的名字里散发出的金色雾气！那道光烘干了福克丝的短袍，而挎包当时就在她身边！"

深燧再次露出了微笑，它看看鹦鹉，又看看福克丝。"看来从你和你哥哥决定不再为自己、而是为了解救其他人而合作寻找长生蕨的那一刻起，长生蕨就开始在你的挎包里生长了。随着你们的善心逐渐增长，长生蕨也随之生长。而在鬼影殿，你在莫格的黑魔法蕨的缠绕下表现出的勇气则是关键所在，是你的勇气让长生蕨冲破挎包，激活凤凰之泪，让它变成了解救雨林之国的珍珠。"

福克丝再次回想起杜奇·草药思尼斯说的话，看来烛光引路图指引的果真是她和哥哥的心灵旅途。福克丝四处张望，寻找费博。在喧嚣的笼罩下，她发现自从费博把莫格的翅膀划破了一个洞之后，自己就再没见过他。他究竟在哪儿呢？

海口从她肩头飞走去找易奇了，福克丝快步向长生蕨跑去。

276

费博会不会还在长生蕨的枝叶之间，又或者他已经掉下来摔伤了？想到费博可能遇到的意外，她不由得心跳加速。

"在上面！"海口在易奇身边嘎嘎大叫，用一只翅膀指着长生蕨的顶端，"海口发现上面有些恐高的心绪！"

福克丝望着最高处的蕨叶窸窸窣窣地来回晃动，上面肯定有东西在动。她抓起挎包里一张用炭笔画的速写，手脚并用向长生蕨顶端爬去，越爬越高，心中抱着一线希望……

上面正是费博。他不再是树懒，而是恢复了人形——也许是凤凰魔法打破了魔咒！

福克丝扑进哥哥怀里，胳膊紧紧搂住他的脖子。哥哥也同样用力地拥抱了她，兄妹俩彼此都明白，他们是在用这个拥抱弥补他们以前错过的那些拥抱。

他们并肩而坐，远眺白骨之地：荧光花园在他们眼前发着光，鬼影殿背后的瀑布现在喷涌出的是银色的水，林荫道旁的白骨树上迸发出彩色的藤蔓，远处的沼泽此刻水光闪烁，月光照亮了青绿色的湖水。

这时福克丝低声说："对不起，费博。我要为我在家和到达荆棘洞之前所做的一切向你道歉。我是个差劲的妹妹。"

费博低头盯着自己的双手。"我也是个糟糕的哥哥，"说完，他抬起头与福克丝对视，"我再也不对你撒谎了，福克丝，我保证。"

透过泪光，福克丝笑了，她把手里的速写递给了费博，上面画的是他们两个在家乡的桥上开怀大笑的场景。"你很有才华。"

费博叹了口气。"妈妈爸爸不会这样想的，"他揪扯着马甲上的羽毛轻声说，"但要是我留在雨林之国，离开妈妈爸爸，我就可以做真实的自己了，"他望着福克丝，"我可以留在这里做一名涂绘员。那样我就能每天画画！我终于可以做自己喜欢的事情了！"

福克丝静静地听着没说话。她也曾想过，假如这次寻宝成功，她是否也能留在雨林之国？父母向她和费博说了谎，这令她很气愤，而且她害怕自己回到家之后，每天的谈话又会围绕着做生意，很少有人露出微笑，拥抱更是想都不用想。但她之所以能够击败莫格，就是因为她勇敢地反抗了莫格。与女妖正面交锋之后她才发现了自己的价值。

"我们在家里从没替自己说过话，"过了一会儿福克丝说道，"我们只是争抢着变成爸爸妈妈希望我们变成的样子。费博，假如我们说出自己的心里话又会怎样呢？"她停顿了一下又说道，

"我发现了，当你说出心里话的时候，可能会遇到很多意料之外的事情。所以，也许我们可以回到家，把你的画拿给爸爸妈妈看，让他们明白你多么擅长画画，告诉他们你要继续画下去，因为这才是你真正喜欢做的事。也许你不能靠画画成为亿万富翁，但你会很快乐。而我会第一个支持你坚持到底。"

"假如我跟爸爸妈妈说心里话，你会陪着我吗？"费博问。

福克丝笑了。"当然会。兄弟姐妹都是这样的：并肩战斗，同甘共苦。"

费博也咧嘴一笑。现在在他身边的是妹妹而不是对手，回家的想法忽然显得没那么吓人了。

福克丝想象着自己跟费博一起走进房间，把他的画作拿给父母看，为他找到了自己喜爱并且擅长的事情而感到自豪的场景。然而她心中也有一点伤心，因为在雨林之国的经历没给她带来任何能向别人展示的东西。她只能口说无凭，说自己找到了一棵能带来雨水的蕨。卡斯帕·托克也曾对她说过相似的话，而福克丝当时对他嗤之以鼻，所以父母为什么要相信她呢？

费博仿佛读懂了妹妹的心思，说道："福克丝，你确实不能背着一袋子画回家，但我认为你带回家的东西比画要强大得多，"他眺望整片白骨之地，"你拥有一个故事，这不是一般的故事，而是你在白骨之地一路奋战，种下珍珠拯救了雨林之国和远方世界的故事。你能做到这些，不是因为你是个花言巧语的政客，不是因为你是个掌管军队的将军，也不是因为你是个靠践踏别人取得成就的商人。你能拯救世界，是因为你既善良又勇敢。"

福克丝心里暖融融的。

费博继续说道："变成树懒给了我很多思考的时间。在学校里，最能吸引别人注意的总是那些成绩最好的人、球赛里进球最多的人还有戏剧表演时戏份最多的人。他们的动静最大，最引人注意。但除了这些人，还有一些普通人在默默地做着了不起的事情，而这纯粹是因为他们有颗善良的心。这些人才是真正改变世界的人，是他们发起变革、对抗邪恶势力。而你就是他们当中的一员，福克丝。你的才能就是善良的心，而这就够了。足够了。因为这个世界不能没有善良的心。"

福克丝思考着这番话。在他们寻宝途中，她渐渐明白了对人友善的重要性，不过她发现，跟友善地对待他人比起来，友善地对待自己似乎更难做到。她曾经坚信没人喜爱自己，认为自己毫无才能可言，而现在她哥哥却说她是个有价值的人，说她福克丝·佩迪－斯阔布是个能够改变世界的人。

　　于是，就这样，福克丝内心深处的伤痕得以愈合。她付出的代价是神秘国度中的一场历险，以及险些失去哥哥，但福克丝终于学会了许多成年人终其一生也不明白的道理：与人为善才是最大的才能。

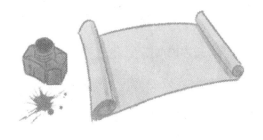

第二十四章

终于下雨了

兄妹俩一同爬下长生蕨，从易奇和海口站在深燧面前激动得难以自持的样子判断，他们和高巫似乎知道一些福克丝和费博不知道的事情。

"快看长生蕨。"兄妹俩的脚刚落地，易奇立刻大声说道。

深燧也点点头："仔细看看。"

福克丝认真观察面前的叶片，这时她才注意到叶子上的纹路：螺旋形的细线在叶片上打转，跟她在崖心洞里看见的那些蕨很像。

她疑惑地望着深燧。"是指纹。我不明白……"

"海口跟你说过，"高巫说道，"每当一个魔法王国的国民诞生，就会有棵指纹蕨为他而生长。"

它看看福克丝又看看费博，福克丝的心不由得颤抖起来，再次仔细查看面前那片叶子上的纹路。

海口扑扑翅膀，飞到那片叶子上说："我们推测长生蕨也是一棵指纹蕨———一棵非常特殊的指纹蕨。我们认为它是属于你们的指纹蕨，它的诞生是为了纪念你们俩。"

福克丝摊开手，举到面前的叶片旁，不由得瞪大了眼睛。上面的银色螺旋形纹路确实跟她的指纹一样！而且，从身边的哥哥的表情判断，他也在面前的叶片上看见了自己的指纹。

"无论你们身在世界的哪个角落，"深燧说，"你们的一部分都会永远留在雨林之国。"

想到这里，双胞胎露出了微笑。

"莫格无法直接返回雨林之国，"深燧继续说道，"把凤凰之泪种在雨林之国意味着她被永远逐出了这个魔法王国。至于现在，她被暂时困在了地下，但她不会永远消失，因此她有可能想办法溜进另一个魔法王国。不过在远方世界还遗留着更多的凤凰之泪，假如真的有那么一天，凤凰之泪会再次把你们这样的英雄带到我们的国度，帮助我们再次打败莫格。也许到那个时候，永暗之地会诞生出新的凤凰，而女妖将永远离开这个世界。"

深燧挺起胸说道："至于现在，远方世界和魔法王国还是安全的，如果整个雨林之国的雷莓都像这里生长的一样茂盛，那我们很快就能绘制出新的雨露画卷了。所以我们尽快赶回涂绘员避风港吧，看看雨露画卷是否已经准备就绪，可以运往你们的世界。"

高巫看了一眼歪歪，游翼兽避开地上的石块向他们走来。

"白骨之地现在已经摆脱了莫格的魔咒，"深燧对游翼兽说，"谢谢你在福克丝和费博的旅途中帮助他们。这里的动物和雨林之国的国民还很虚弱，我必须留下来护送他们回家。能不能请你把我们的英雄安全送回木角村呢？"

歪歪朝双胞胎把头一扬，然后展开了翅膀，仿佛那天夜晚荆棘洞里的事从未发生过。福克丝和费博快步跑到它身边，福克丝告诉游翼兽她很抱歉自己对它撒了谎，游翼兽则把头依偎在她胸口。

深燧瞥了易奇和海口一眼。"歪歪，如果你背上还能坐下一个很瘦小的小孩子和一只非常爱说话的鹦鹉，我相信大家都会非常感激你的。"

游翼兽抖抖羽毛，然后甩了甩尾巴，让双胞胎、易奇和海口爬到了自己背上，深燧向他们点头致意。

"我们木角村见，"它说，"能与你们并肩战斗我很荣幸。"

歪歪摇摇晃晃地飞向夜空，深燧和其他雨林之国的国民渐渐变成了地上的小黑点。尽管现在仍是深夜，但雨林之国已经变成了一片荧光的丛林，重新充满了生机与色彩。树木复苏，植物生机勃勃，动物和魔法生物重获自由，整个雨林之国回荡着他们喜悦的欢闹声。

福克丝低头望着树冠看了好一会儿，这场历险带她走过了许多令人惊异的地方：越过河流与湖泊，森林与沟壑。不过很快她和同伴们就睡着了，胳膊环着彼此的腰，身体依偎在歪歪的翅膀之间，由它载着他们在星光的映照下飞翔。

几个小时过后，他们知道自己到达了目的地，因为游翼兽降落时的动作跟从前一样笨拙，害得他们从歪歪背上滚落下来，掉在金爪脚边摔成了一团。他们所在的地方正是涂绘员避风港中的环礁湖畔。黎明的天光中湖水波光粼粼，福克丝注意到蜡烛树下有块堆满鲜花的墓碑，纪念的正是那头名叫火花的高巫。

"你们刚刚来到雨林之国时，显然跟我预想中的英雄完全不同，"金爪微笑着对福克丝和费博说，"但是深燧在信中告诉我，最终是因为你们的努力，雷莓树才获得重生，莫格也被逐出了雨林之国。你们完成了我们无法做到的事，因此雨林之国将永远记住你们的恩情。"

费博自豪地戳了戳妹妹。"主要是福克丝的功劳。是她战胜了莫格手下的暗夜怪，而且发现凤凰之泪其实就是珍珠。她才是真正的英雄。"

福克丝满脸通红，金爪看见来自远方世界的孩子们有了如此大的转变，不禁开怀大笑。接着它望向环礁湖中央的神殿。"只剩下一件事要做了，"高巫说道，"这件事跟雨露画卷有关。不知费博是否愿意帮助我们呢？"

跟兄妹俩上次看见的景象相比，现在的涂绘员避风港里已是一派繁忙的景象。采集员背着鼓囊囊的挎包匆匆穿过隧道，从木角村进入涂绘员避风港，又快步走进匆匆巨树。在巨树内部，坩埚发出的嘶嘶声和气泡声不绝于耳。福克丝想，也许锅里装的就是来自云上之国的奇迹，而制墨员正把它们跟雷莓制成的颜料混合在一起。她听见通向瀑布的水管里传来汩汩的气泡声，接着墨水从水管中喷涌而出，深浅不一的蓝色倾泻而下，落进环礁湖。

费博望着涂绘员走下神殿门前的台阶，把小瓶子浸入环礁

湖灌满墨水，又匆匆跑回画架前，准备在空白的画布上作画。

"他们需要应急之策，"金爪解释道，"雨林之国最优秀的涂绘员弗拉维娅·弗里克佩也被暗夜怪绑架了，虽然她已经跟深燧一起走在返回的路上，但这些画卷不能再耽搁了，我们必须尽快开始绘制。飞龙很快就会赶来，运往远方世界的雨露画卷多多益善，只有这样才能挽回干旱造成的影响，"它转头对费博说，"深燧说你的画作不逊色于弗拉维娅·弗里克佩。"

费博有些犹豫。"可是我——我从没见过雨露画卷。我怎么知道自己画得对不对呢？"

"绘画没有对错之分，"金爪答道，"你需要的只是热情和信心。施展你全部的才华去画吧，孩子，你生活的世界全靠你的画笔挽救。"

费博深吸了一口气，然后快步走上通往神殿的藤蔓桥。他到达时，涂绘员们显然已经期盼他许久了。一名涂绘员递给他一罐墨水，另一名涂绘员则带着他来到了空白的画布前。

福克丝在环礁湖边望着费博作画，心中充满了自豪。多年累积的嫉妒烟消云散。过去她看见费博有所成就时骤然涌上心头的那种慌张感也烟消云散。她静静地望着他，易奇、海口和歪歪陪伴在她左右，他们心里都知道，费博绘制的雨露画卷一定会异常精美。

雨露画卷终于画完了——画面上布满深深浅浅的蓝，几乎每一种雨都能在画布上找到踪影：从淅淅沥沥的细雨到倾盆大雨，再到雾蒙蒙的毛毛雨，应有尽有。涂绘员卷起画卷，用火漆印章封好，装进带滑轮的大筐里，推过环礁湖，放在匆匆巨树上。

周围安静下来，每个人似乎都在等待着什么，接着传来沉重的翅膀发出的呼呼声，人们透过树枝的缝隙瞥见了长着弯指甲的爪子，树叶间传出沙沙的声响，然后雨露画卷就这样消失了——飞龙把它们带去了远方世界。

涂绘员避风港里爆发出欢呼声，制墨员和采集员从匆匆巨树里蜂拥而出，涂绘员拍打着费博的后背，曾经遭到囚禁的国民和动物这时也在深燧的带领下走进了隧道。整个雨林之国的国民们再次欢聚一堂，了不起的动物、魔法生物和国民们争先恐后，都想亲自祝贺福克丝和费博这两位英雄成功解救魔法王国。

又一批雨林之国的国民赶来，端着盛满食物的大托盘，上面有成堆的珍奇水果、大杯的果汁和堆得老高的巧克力糕点，大家坐在环礁湖岸边聚餐。几只箱子怪凑过来也想加入庆功聚餐，福克丝看见它们不仅吃了食物、喝了饮料，还把托盘和杯子也一起吞掉了。

杜奇·草药思尼斯跟高巫们并肩坐在蜡烛树下，看样子他们正在给彼此讲笑话，双胞胎跟易奇和他的朋友们坐在一起（海口也在，不过这里能读到的心思太多了，它决定静一静，钻进易奇的头发里睡一觉）。易奇的朋友们对远方世界的一切充满了好奇。原来他们通过魔法植物长出的报纸能够了解的事情很有限……

"真的每个英国人喝茶时都要吃热的十字面包吗？"

"没有丛林液，汽车怎么运转呢？"

"德国人真的做每一件事都绝对准时吗？"

"你要不要偷偷带棵零花钱草回去？这样你每次把手伸到它叶子下面，它都会给你一点零花钱。"

福克丝和费博尽最大努力回答了大家的问题，不过仍然有些问题令他们张口结舌："你们究竟怎么回家呢？"

虽然魔法经常很少准时生效——实际上，它的晚点程度经常令人发指——但是这天它居然准时露面了。就在大家喝光最后一杯叮当果汁（一种非常好喝的饮料，味道像香蕉和山莓，还带一丝巧克力味）的时候，远处忽然传来咔嚓咔嚓的声音，伴随着响亮的汽笛声，兄妹俩坐的那棵蜡烛树背后的灌木丛里钻出了一架火车头。

福克丝望着绿色的烟雾飘向大树的枝杈间，接着，一个浑身上下只裹着条缠腰布的丛林幽灵悠悠然走出了树丛。

"福克丝和费博·佩迪－斯阔布在吗？"特迪斯·尼构问，"还是他们已经被白骨之地的刺甲虫咬死了？"

兄妹俩起身走到了丛林幽灵面前。

特迪斯·尼构揉揉眼睛。"你们看起来不一样了，"他说，"不再那么干净、那么生气了。"

兄妹俩听了他的话哈哈大笑。福克丝想象过许多次离开雨林之国的场景，能让人长生不老的珍珠被她牢牢地攥在手里，因此当回家的路就在眼前时，她觉得两手空空的感觉很奇怪。但是她回想起自己和费博一路上的经历，想起他们看见的、做过的那些正确的事，她便明白自己并不是两手空空地回家去，她带回了一个哥哥，他们是朋友，而不再是对手，而且她还带回了充足的自信和一个激动人心的故事。福克丝眨眨眼。实际上，她带回家的东西太多了，她甚至觉得自己有点儿贪心。

"我永远都不会忘记你们的，"易奇对双胞胎说，"你们是最棒的英雄。"

海口站在易奇肩头，把头一歪。"还是最棒的朋友。海口会怀念整天重复你们的心思的日子。"

费博伸手摸了摸鹦鹉的头，福克丝则抚摸了它的翅膀，然后他们紧紧地拥抱了易奇。

"我们也会非常想念你们俩的。"福克丝说。

深燧缓步走到兄妹俩面前。"你们的名字将在魔法王国的传说中代代相传，就像云上之国的卡斯帕·托克、黎明之国的灰灰和巴多罗买那样。"

福克丝望着高巫。它那样高大，那样强壮，那样睿智，那样和善，一想到它将不再陪伴他们左右，福克丝的心便颤抖起来。她想说些什么，可她的声音仿佛完全堵在了心里。

深燧跟她头贴着头。"福克丝，是你找回了我的魔法。你在我们之间创造了强大的纽带，即使分隔在两个世界也无法切断这种纽带。所以，当你回到家睡着的时候，只要在梦里低声呼唤我的名字，你就能在梦里见到我。"

福克丝的胳膊紧紧搂住深燧的脖子。她真希望当自己告诉父母她没想出任何拯救家族财富的商业计划，而是打算把精力花在能帮助其他人的事情上时，深燧能陪在她身边。学校里有个"拯救地球"俱乐部，以前她总觉得那些人是在浪费时间，

292

但现在她也想加入其中。下学期学校要为附近的敬老院举办一场筹款活动，她也有些好点子。除了这些事情，还有她的同学们，她知道是时候开始交朋友了，只是想到这里她就不禁手心出汗。

高巫似乎洞察了福克丝心中的恐惧，它低声说："回到远方世界之后，只要你做自己，身边的人自然会看清你的本质，"它抬起一只爪子把福克丝揽到自己身边，"人们很难不喜欢像你这么优秀的人，福克丝·佩迪－斯阔布。"

福克丝再次拥抱了深燧，分开时，她看见豹子眼里流下了一滴泪。她回想起深燧得知火花的死讯之后藏起了自己的眼泪，现在它却没有这样做。看来就连大人也能在寻宝旅途中学到一些有关于爱的道理，福克丝心想。

她微笑着最后看了一眼深燧，然后跟费博一起登上了火车。

特迪斯·尼构已经上车了，正忙着把他们车厢里的靠垫拍鼓。"说实话，看见你们换掉那些难看的西装我真高兴。对了，还要恭喜你们战胜了莫格。我还挺担心你们会被晒伤呢。"

他飘飘然穿过车厢，向另一头的门走去，忽然又回头说道："这趟列车就要出发了，请你们坐上依偎椅扶稳、抓牢。我们要尽快赶回远方世界，这样我们就只离开了那里几分钟，因此来来往往特快列车会猛地蹿出去。"

费博把装着自己画作的挎包放在脚边，坐在面前的扶手椅上，椅子立刻变成了一张摆满软垫的公园长椅。福克丝则发现自己的扶手椅再次变成了一张舒服的懒人沙发。这一次，两把依偎椅既没变成办公椅，也没变成带刺的宝座。

兄妹俩望着窗外向自己挥手告别的人群，站在最前面的是深燧、易奇和海口，接着火车猛地往前一蹿，没等兄妹俩回过神来，火车已经载着他们用惊人的速度穿梭在雨林之中。

来来往往特快列车急速行驶，他们很快便回到獠牙山洞，径直驶入了山洞的巨口。火车轰隆隆地前行，福克丝不禁想起自己一个星期前进入这座山洞时有多么惊恐。而现在，在漫长的黑暗中，福克丝感到哥哥紧紧握住了自己的手。他们在雨林之国的历险结束了，但家里的历险才刚刚开始。想到这里，福克丝感到一阵激动。

火车冲出隧道，福克丝和费博吃惊地眨眨眼睛，发现自己身上穿的已经是普通的衣服。不是他们踏上探险旅途时穿的西装，而是普通的十一岁孩子在暑假里会穿的衣服。T恤配短裤，短袜配运动鞋。领带和公文包都不见了。

兄妹俩望着窗外。火车飞速疾驰，窗外的乡间景致变成了一片模糊的光影。就在这时火车略微减慢了速度，他们于是得以看清窗外的景色。草坪上开着星星点点的花朵，小木屋聚集在湖边，远处群山连绵。

"是德国！"费博大声说。

福克丝难以置信地摇摇头。"我们回来了！"

窗外正在下雨——雨水倾斜而下，落在郊外的大地上——这景象吸引了上百人走出房子，来到草地和田野上。他们跳舞，欢呼，在水坑里踩水，张开双手去接不断落下的雨水。

"这是我们做到的，"福克丝微笑着说，"这场雨——都是因为我们在雨林之国做的事！"

兄妹俩靠在依偎椅上望着窗外的景象，火车载着他们咔嚓咔嚓地继续向迷踪谷驶去。

在很远很远的地方，深深的枯井里，女妖正在暴怒地尖叫。她失去了对雨林之国的控制，怒火在她心中打转。她创造暗夜花园时在角落里设下了这口无底井，但她知道，即便是没有底的井，最终也会通向某个地方，即使那个地方是很深的地底，唯一生活在那里的只有黑暗本身。

莫格是个依赖黑暗而生的生物，她知晓如何用黑暗编织可怕的魔咒。她向井底越坠越深，暗中发誓无论如何都要变出通往黎明之国的通道——多年前她曾短暂地到过那个魔法王国，那里至今还住着几名她的追随者。如果她能像在永暗之地现身那样设法进入那个魔法王国，她就可以召集追随者，抓住最后一次机会，同时盗取黎明之国和银崖之国的魔法——她尚未被永远逐出那两个魔法王国。到那时，她就可以真正展开对魔法王国的统治……

莫格不断向黑暗坠落，与此同时，来来往往特快列车载着福克丝和费博继续驶向远方世界。

第二十五章
小孩的意志才强大

　　兄妹俩最先看见的是迷踪谷的钟楼高高耸立在村舍之间，福克丝看见上面显示的是晚上六点。看来自从他们离开，这里的时间不仅停留在同一天，甚至还正如特迪斯·尼构说的那样，根本没过多长时间！

　　火车缓缓停在站台，车站跟兄妹俩离开时一样空荡荡的。车厢门猛然打开，特迪斯·尼构把他们俩轰下了车，福克丝和费博站在站台上，运动鞋踩在一摊积水里，望着来来往往特快列车缓缓离开。

　　在站台后面，从火车站往街道的方向望去，福克丝看见一大群人聚集在街上庆祝下雨。而怒气冲冲地用胳膊肘和公文包推开人群向他们走来的正是佩迪－斯阔布夫妇。福克丝看见爸爸妈妈，神态动作立刻变得不自然起来，伯纳德和格特鲁德一看见两个孩子，立刻气冲冲地穿过站台向他们走来，福克丝感到一阵熟悉的恐惧感袭遍了自己全身。

"我们一定能做到的，福克丝，"费博在她身边小声说道，"你我联手——我们是一队。"

伯纳德把公文包重重地往水坑里一放，挺直腰板教训两个孩子："我们明确告诉过你们待在挺括宾馆的套房里。"

福克丝盯着父亲。他一句也没提到下雨，没提到全世界都摆脱了可怕的命运。

格特鲁德正了正自己的领带。"你们父亲和我一向为自己养了两个听话的孩子而自豪。我们叫你们践踏别人的感受你们就照做。我们叫你们制订商业计划你们也照做，"她说着扬起一边眉毛，"那么，你们为什么会突然被我发现站在一座破火车站的站台上，身上穿着短裤和 T 恤呢？"

福克丝打量着父母。过去她对他们总是有些畏惧。可现在她站在他们面前，有哥哥陪伴在她身边，心中洋溢着她最近学到的爱、自信和勇气，她发现父母看起来不再像过去那样高大了。她甚至有些同情他们，因为他们永远也无法像此刻的她一样，看到这个世界光明而美好的一面。

"你们骗了我们，"福克丝脱口而出，"你们怂恿费博和我互相竞争，好让我们替你们赚钱。虽然我们个子只有你们的一半，年龄只有你们的四分之一，但我们和周围的每个人一样，都不是无关紧要的人，无论你们怎样蒙骗我们，他们都不是无关紧要的人，"她深吸一口气，用最坚定的声音说道，"恶霸和撒谎精总是能横行霸道，直到有个勇敢的人挺身而出与他们对抗为止。因此，告诉你们，我和费博再也不会受你们的摆布了。"

福克丝简直不敢相信这些话是从自己嘴里说出来的。格特鲁德用力掏了掏耳朵，伯纳德则拼命眨眼睛，福克丝知道，她的父母也不敢相信这番话是他们的女儿说的。

"还有，我们也不会再践踏别人的感受了。"费博接着说道。

伯纳德上前一步似乎有话要说，但费博仅仅抬起一只手便止住了他，继续说了下去，福克丝觉得这是她见到费博做的最精明、最成熟的事。

"我们不会再花时间想办法挽救家族财富了。我们每天都有很多事情可做，来挽救地球环境和生活在其中的人，我们不会再对这些视而不见了。而且我们也不会任由你们把我们寄到南极去。因为——"费博咽了一下口水——"这不是一家人的相处方式。家人就应该彼此关照。尽管你们在这方面做得并不好，但我们确实是一家人。福克丝是我的妹妹，不是我的竞争对手，而我认为她非常优秀。所以从现在开始，我们要尊重彼此，无论你们喜不喜欢这样。"

费博说得越多，伯纳德和格特鲁德就显得越气馁。他们似乎被孩子们的转变彻底震惊了，以至于完全不知该说些什么。而这样正好，因为当不合格的父母无话可说时，家庭才能恢复一部分理智。

"请你们回到套房，在那里等我们。"费博吩咐道。他看见父母身后的人群中有个身影，他知道妹妹和他一样，也非常想跟那个人谈一谈。

福克丝也看见了那个黑皮肤、满脸皱纹的老人，他正费力地穿过人群，一瘸一拐地向他们走来。她打量着父母，刚刚发生的一系列事情似乎让他们陷入了深深的震惊。福克丝知道她和费博还有很多话要对父母说，不过她想万事开头难，既然她和费博已经开了头，接下来的部分也许会容易一些。

"回到宾馆之后我们还有许多事情要说，"她说，"因此我建议你们先把水烧上。如果你们俩都有杯热茶捧在手里，现实应该容易接受得多。"

伯纳德和格特鲁德看着自己的孩子，脸上的表情异常复杂，有愤怒，有惊讶，还有——转瞬即逝的——温柔。兄妹俩的诚实和勇气似乎唤醒了佩迪－斯阔布夫妇心中某种他们以为早已死去的东西。

接着福克丝和费博看见父亲拾起公文包，跟随默默无语的妻子一起穿过了人群，跟先前比起来，他们此刻的动作似乎少了一点横冲直撞的气势。

两个孩子把注意力转向了正向他们走来的那位老人。卡斯帕·托克曾经感受过魔法的存在，因此当魔法再次来临时他仍然心中有数。他在售票亭前停下脚步，望着站在站台上的双胞胎。在他记忆里，自己无意中闯进云上之国拯救世界仿佛就发生在昨天，而现在，他面前这两个最不像小英雄的孩子刚刚去往魔法王国，为远方世界带来了生的希望。

街上的人们谁也不知道福克丝和费博·佩迪－斯阔布才是为全世界带来雨水的人，但这位古董商心里清楚。

"看来你们已经想办法去过魔法王国了。"他小声说。

兄妹俩点点头，雨滴落在他们周围，明亮、清澈、充满生机。

卡斯帕激动地举起一只皱纹密布的拳头，忍不住咯咯笑了。"你们是怎么打败莫格的？"

福克丝回想起搜寻长生蕨的旅途中遇到的种种困难：受诅咒的怪猴、枯夜树、猪鼻蛇、巫鳄、罗锅树、巨猿、黑魔法蕨以及女妖本尊。

"用善良，"她答道，"还有全心全意地相信魔法的力量。"

古董商腾挪着脚步靠近兄妹俩，直到在他们面前站定。"我在云上之国见到过许多令人难以置信的事物，但你们两个提醒了我，世界上最令人难以置信的生物其实是孩子。他们个子虽小，意志却强大得很。"

没有福克丝想象中的讲台和获胜感言，也没有管弦乐队和气泡酒，有的只是老古董商的一番话。但这番话让福克丝心中充满了自豪感。在卡斯帕·托克和哥哥的陪伴下，她望着来来往往特快列车渐渐消失在远方的雨雾中，最后一丝丛林液的蒸汽也飘散在云雾之中。

（全文完）

图书在版编目（ＣＩＰ）数据

雨林之国 /（英）阿比·埃尔芬斯通著；张亦琦译
. —北京：北京联合出版公司，2022.3（2023.6 重印）
ISBN 978-7-5596-5827-2

Ⅰ.①雨… Ⅱ.①阿… ②张… Ⅲ.①长篇小说—英
国—现代 Ⅳ.① I561.45

中国版本图书馆 CIP 数据核字（2021）第 279640 号

北京市版权局著作权合同登记号　图字01-2022-0264号

RUMBLESTAR: Jungledrop
Text copyright © 2020 by Abi Elphinstone
First published in Great Britain in 2020 by Simon & Schuster UK Ltd
1st Floor, 222 Gray's Inn Road, London, WC1X 8HB A CBS Company

雨林之国

著　　者：［英］阿比·埃尔芬斯通
译　　者：张亦琦
出 品 人：赵红仕
特约监制：孙淑慧
产品经理：辜香蓓
责任编辑：徐　樟
营销编辑：陶星星
出版统筹：慕云五 马海宽

北京联合出版公司出版
（北京市西城区德外大街83号楼9层　100088）
北京联合天畅文化传播公司发行
三河市中晟雅豪印务有限公司印刷　新华书店经销
字数160千字　880毫米×1230毫米　1/32　9.75印张
2022年3月第1版　2023年6月第4次印刷
ISBN 978-7-5596-5827-2
定价：39.80元